父亲写给女儿的
幸福课

Fuqin Xiegei Nüer de
Xingfuke

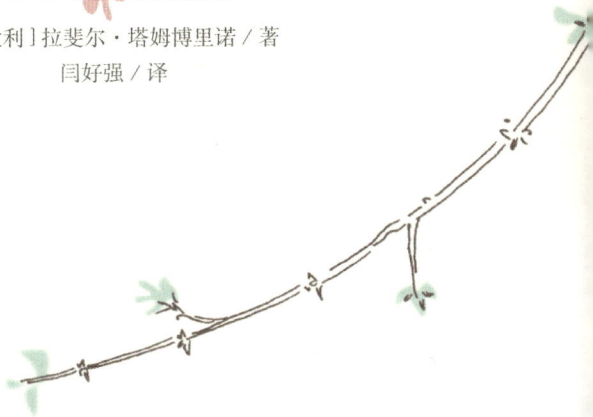

［意大利］拉斐尔·塔姆博里诺 / 著

闫好强 / 译

CHISO 新疆青少年出版社

图书在版编目（CIP）数据

父亲写给女儿的幸福课 / (意) 拉斐尔·塔姆博里诺著；闻好强译. —— 乌鲁木齐：新疆青少年出版社,2019.7

ISBN 978-7-5590-5241-4

Ⅰ.①父… Ⅱ.①拉… ②闻… Ⅲ.①书信体小说-意大利-现代 Ⅳ.①I546.45

中国版本图书馆CIP数据核字(2019)第134315号

父亲写给女儿的幸福课

[意大利] 拉斐尔·塔姆博里诺 / 著   闻好强 / 译

出版人	徐 江	策 划	许国萍
责任编辑	许国萍 尚智慧	特约编辑	张贵勇
美术编辑	杨 斌	装帧设计	
法律顾问	王冠华 18699089007		

出版发行　新疆青少年出版社

地 址	乌鲁木齐市北京北路29号	网 址	http://www.qingshao.net
印 制	北京博海升彩色印刷有限公司	经 销	全国新华书店
开 本	889×1194 1/32	印 张	4.625
版 次	2019年8月第1版	印 次	2019年8月第1次印刷
字 数	80 千字	印 数	1-8 000 册
书 号	ISBN 978-7-5590-5241-4	定 价	39.80元

制售盗版必究 举报查实奖励：0991-7833932   版权保护办公室举报电话：0991-7833927
销售热线:010-84850495 84851485   如有印刷装订质量问题 印刷厂负责调换

致索菲亚和所有爱她的人

作者声明

　　本书提到的经典文本不是原始文章的忠实翻译，它们是作者个人思考的成果，目的是让这本书更易于理解，并与本书书信体的风格保持一致。

目录

CONTENTS

前言
PREFACE

《父亲写给女儿的幸福课》是极具教育意义的书信体文章。它叙事简单，具有灵活的线性文本结构，包含了作者丰富的生活经验。

故事源于一位父亲的崇高理念，他拭去承载着古典思想书页上的灰尘，希望用这些古典思想帮助女儿成为一位具有正确道德观的人。因此，在给女儿索菲亚写信的过程中，作者追溯了苏格拉底、柏拉图和亚里士多德提出的永恒问题。

这三位伟大的西方先哲不再是遥远而难以捉摸的人物，反倒成为我们的伙伴。他们的思想一旦被重新审视，即使在今天也依然具有指导性。

通过引用先哲的对话录、神话故事和哲学理论，

作者为读者提供了一个以"幸福"为主题的简短但集中的哲学之旅。事实上，这三位先哲的目标就是让我们更加智慧、幸福地生活。

作者兼叙事者拉斐尔·塔姆博里诺写的既不是简单的哲学入门书，也不是煽情的信件集。事实上，作者试图在原本的教育内容（毕竟这本书是关于幸福观的）和真正的道德观之间保持恰当的平衡（这并不是一个简单的任务），书信体是绝佳的途径。

作者不仅把三位哲学家的思想汇集在一起，有时也会将他们进行对比，甚至把他们放在当代社会中，去想象他们的反应，并且让他们和索菲亚短暂对话。

作者还将具有反思性的问题与个人建议结合起来，同时也借鉴孔子、西塞罗、但丁、陀思妥耶夫斯基、葛兰西、曼德拉、蒙田、韦伯等重要人物的思想。

语言平实（尽管书中所谈的问题都很有深度）和口语的表达方式使得这本书的内容通俗易懂。对人们而言，实现幸福很重要，希望每个人都能掌握让自己获得幸福的方法。

本书不仅对索菲亚来说具有重要的教育意义，对所有人来说也一样，因为真正、真实的价值观绝不会无人接受。

——安娜贝拉·笛·梅约

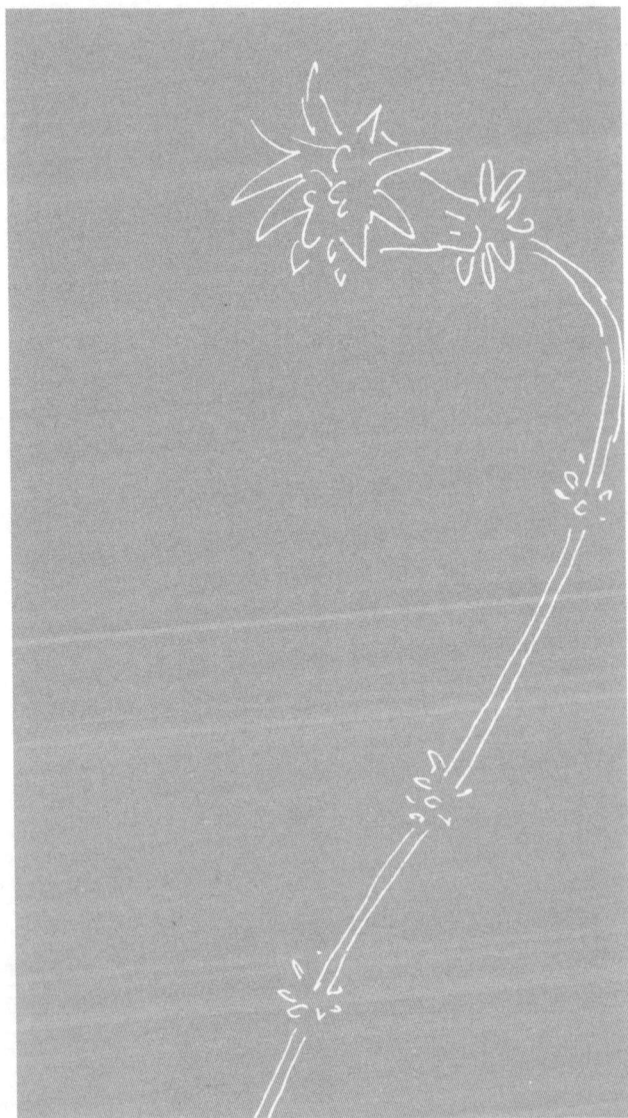

写在书前

亲爱的索菲亚，我希望你永远幸福，做出正确的人生选择，用对自己负责的方式生活。作为一名父亲，我有责任给你提一些建议，教会你处理以后肯定会遇到的问题，让你以最好的状态迎接未来的挑战。

不幸的是，生活的现状迫使我们相距甚远。因此，我希望这些信件能在我们之间架起一座桥梁。在这些信件里，除了我个人的建议，我还提到了一些哲学家有关生活和幸福的观点。

索菲亚，你不会在书里面看到学术文章。相反，你会了解一位父亲的想法——他决定用简单的语言

向女儿阐述他从伟大的哲学家那里学到的东西。事实上，这些哲学家的教导即使在今天仍然有用，它可以帮助我们以最好的方式生活。

从古代开始，人们就叩问生命的意义，想要追求幸福。关于生命的意义，大家莫衷一是。先贤智者曾对此发问，例如：我们存在的终极目的是什么？什么能够让我们真正幸福？我们怎样才能安心生活？……了解先贤智者提出的问题，对我们追求幸福会有很大帮助。

科学技术的发展和医学的巨大进步让我们更加长寿，让生活更加舒适，但它们还不足以解决个人成长过程中遇到的所有问题。事实上，在遇到困境的时候，例如患有严重疾病，我们在借助科技和医学的同时，还必须依靠内在的精神力量，才能走出逆境。

根据罗马著名哲学家、演说家马库斯·图留斯·西塞罗的说法，我们必须习惯于运用"灵魂治疗术"，也就是哲学，它能对人的心灵产生积极的影响，充实人的头脑（古希腊语中，"哲学"的意思是"爱智慧")。柏拉图说:"哲学就是利用知识为个人造福。"确实,精神健康和身体健康一样重要。

在现代语言中,我们经常将"幸福"(一种普遍的满足感和心理舒适感)的含义与短暂的快乐或者兴奋的情绪混淆。然而在古代,"幸福"(eudemonia)这个概念与"美德"是紧密相连的,它的意思是"与神灵同行"。依据"美德"做事的人组成了一个内在和谐的国家。

在这些信件中(希望其他人同样能读到),我想特别向你介绍生活在公元前5世纪到公元前4世纪之间的古希腊三大哲学家苏格拉底、柏拉图和亚里士多德,这三位哲学家的思想是整个西方思想的基础。

当时的希腊不是一个统一的国家,而是由许多独立的城邦构成:所谓的城邦其实是一个自治的城市,有自己的法律和政府机构,以保护公民的利益。

这些城邦中最重要的是雅典和斯巴达,这两个城邦长期以来一直争夺希腊半岛的政治主导地位。

此外，还有一些希腊殖民地城市。这些城市是希腊移民建立的，这些希腊移民离开家乡到地中海的其他地区谋生，特别是小亚细亚（相当于现在的土耳其）和意大利南部地区。这些希腊殖民地在保持自治的同时，在经济、政治和文化上与希腊保持着密切的联系。

公元前5世纪，古希腊的各个城邦和殖民地经济迅速发展，使其在艺术、哲学、文学和戏剧方面脱颖而出。在这种情况下，古希腊哲学家开始思考美德、良善、正义和幸福，从而奠定了伦理学（这门学科把善、真与正义的概念剥离出来）的基础。

每一个追求幸福的人或早或晚都会面临道德问题，这些问题必然会给他们造成困扰。与苏格拉底同时代的古希腊哲学家普罗迪科斯讲述了许多神话故事，《站在十字路口的赫拉克勒斯》就是很典型的一个故事，它描述了任何人在生活中都可能遇到的道德困境。

你一定知道，对古希腊人来说，神话是一种故事，一种讲述神灵与英雄的历史故事。这些故事被代代相传，通常被用来解释世界的秘密生活里发生的事。

赫拉克勒斯是一个力大无穷的英雄，因为接受惊人的挑战闻名于世。他完成了 12 项不可能完成的任务，击败了许多怪物和野兽。据普罗迪科斯所说，当赫拉克勒斯还是一位正在思考未来的青年时，遇到两个身材相似的女人，那两个女人一个代表"恶"，一个代表"善"。

第一个女人美丽优雅，她接近年轻的赫拉克勒斯，要他追随她。她承诺给他食物、美酒和各种快乐。她会免费提供这些服务。当赫拉克勒斯问这个女人叫什么名字时，她回答说："我的名字是幸福，我的敌人叫我恶魔。"

另一个代表"善"的女人站在旁边，一言不发，随后她告诉赫拉克勒斯，想在生活中取得成就不是那么容易的事。人们必须努力争取，才能获得美好的东西。她的原话是：

"亲爱的赫拉克勒斯，如果你想让你的朋友爱你，你需要先帮助他们做'善'事。如果你想得到

一个城邦的尊重，你必须先为这个城邦做出一些贡献。如果你想要这片土地结满丰硕的果实，你必须先做好耕种的准备。如果你想要拥有很多家畜，你必须先照顾好动物。"

说完，"善"转向她的敌人，指责她是一切不幸的根源：

"邪恶的女人，你让人们在有吃有穿的情况下，还去买大量的食物和美酒，只睡觉休息而不工作，一味寻欢作乐。跟随你的年轻人都是软弱无能的。慵懒的老人醒悟之后，迎接他的只有凄惨的晚年。

"只有追随我，按照'善'的原则生活的人才能获得真正的幸福。他们在饿了的时候吃饭，渴了的时候喝水，劳累一天后睡觉。年轻人喜欢从老人那里得到赞美，年长者则以年轻人的崇敬自豪：他们以愉快的心情回忆过去，乐于按照'美德'行事，他们被亲友喜爱，被国家尊重。"

年轻的赫拉克勒斯决定踏上"善"指引的道路。因为这个选择，他最终获得了真正的幸福。

站在十字路口，人们并不能总是区分出真正的幸福（涉及一些牺牲）和短暂而虚妄的快乐之间的差异；也不能总是意识到，专注于物质的生活终会变得毫无意义；更不能总是意识到，为了获得幸福，必须充分利用快乐，而不能滥用快乐，否则他们将失去快乐。

生活在公元前5世纪和公元前4世纪之间的苏格拉底（被视为伦理学的奠基人）、柏拉图（苏格拉底的学生）和亚里士多德（柏拉图的学生）对这些问题的反思达到了最高水平。

索菲亚，现在通过这些信件，我会试着告诉你为什么他们的教导直到今天仍然有用，希望这能帮助你思考生命的意义，思考如何让自己幸福。

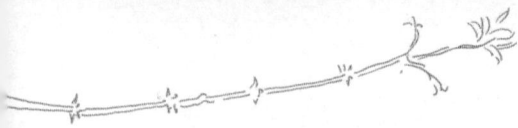

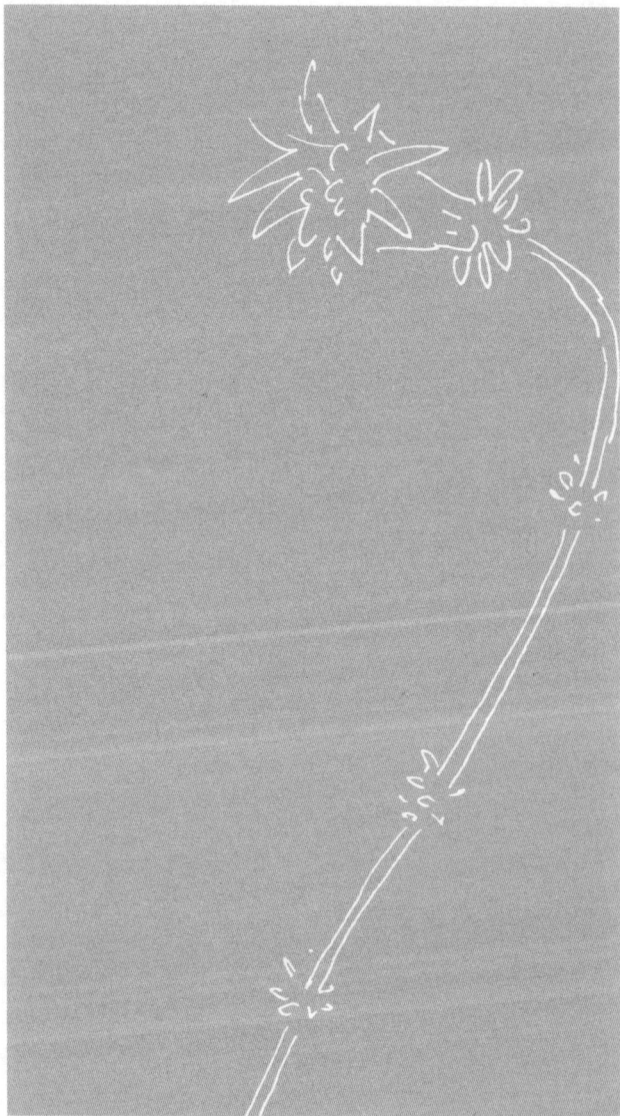

第一章 · 苏格拉底的幸福观

一、苏格拉底的生平

亲爱的索菲亚，我认为从苏格拉底开始探讨生命的意义是非常合适的。他出生在雅典，生活在公元前469年至公元前399年之间，被认为是第一位伟大的西方哲学家。苏格拉底是一个正直、善良的人，对物质的东西完全不感兴趣，反倒总想掌握真理，帮助别人依据"美德"的原则生活。在我们深入了解这个问题的核心之前，我想简单介绍一下苏格拉底生活的历史背景。

公元前5世纪初，联合起来的希腊城邦打败了强大的波斯军队，从而迎来一段和平发展的时期。

特别是在公元前461年左右，具有很高威望的政治家伯里克利为了巩固他在雅典的政治地位。在管理城邦30多年的时间里，伯里克利推动了民主制度的发展（但这些制度排除了大部分人口）。这一时期文化繁荣发展，雅典在雕塑、建筑、历史、哲学和戏剧等领域取得了巨大成就。

苏格拉底刚好生活在这段政治和文化大发展的时期。他有三个儿子，还有一个叫克珊西帕的妻子，众所周知她的脾气非常暴躁。根据一些不怀好意的揣测，苏格拉底之所以喜欢花大量的时间在街头散步，与雅典人交谈，不仅是因为他对哲学一片激情，也是为了避免与暴躁的妻子在家里长时间相处。

苏格拉底并没有掩饰自己的婚姻问题。他说，和克珊西帕一起生活让他获得了非凡的忍耐能力，这样他就可以在任何情况下都保持心平气和。事实上，他特别谨慎，不让自己被愤怒的情绪影响。面对向他挑衅的人，他不会发泄自己愤怒的情绪，相反却镇定自若，微笑着降低自己的声音。

亲爱的索菲亚，永远不要忘记，耐心是强者的美德，特别是在我们这样一个混乱又充满竞争的社会，学会在艰难的情况下保持耐心，在热烈的讨论中保持冷静是非常重要的。当你意识到愤怒将占上风时，试着做出理智的反应（像苏格拉底所做的那样），让自己停下来，尝试恢复冷静的状态，然后再继续处理事情。你会发现面对同样的问题，耐心而冷静的状态将使你找到最合适的解决方法，并与每一个人保持良好的关系。

苏格拉底做过一段时间的政治工作。那段时期，他依据正义的原则，勇于承担风险，展现了正直、勇敢的性格。公元前406年，他是唯一一位反对判处参与阿里纽斯战役的将军们死刑的人；公元前404年，他也是唯一一位反对"三十僭主"处死他们的政治对手——萨拉米的莱昂的人。（公元前404年，斯巴达国王吕西斯特拉图占领雅典，建立了一个寡头统治的傀儡政府。傀儡政府处于斯巴达的保护之下，史称"三十僭主"。）

苏格拉底在雅典度过了一生，在参加军事战事时期，他被证明是一个勇敢的士兵。公元前5世纪，

雅典和那些受商业和政治扩张威胁的城市之间发生冲突。苏格拉底在公元前 432 年参加了抵抗科林斯的战争，他表现格外突出，凭借实力和勇气，救了年轻的指挥官阿尔基比亚德。公元前 424 年至公元前 422 年间，他参加了抵抗斯巴达人的安菲波利斯（古希腊城镇）战争、抵抗维奥蒂亚人的代里恩战争（在战争中，他救了朋友色诺芬）。阿尔基比亚德在柏拉图的对话录《会饮篇》中描述了苏格拉底的勇敢：

"苏格拉底不但比我英勇，而且比许多其他的士兵英勇。当天降寒霜的时候，我们所有人都躲在一起，只有苏格拉底穿着平时的披风，赤脚走在冰上。战斗时，我受了伤，没有一个士兵救我，只有苏格拉底绝不会抛下我。他把我带到了安全的地方。

"当军队从代里恩撤退时，我对苏格拉底的表现很惊讶。他静静地走着，昂首阔步，时不时朝身边的人看几眼，冷静地看着他的朋友和敌人。大家心里清楚，如果有人敢袭击他，他们将面临猛烈的还击。"

雅典的辉煌时期于公元前 404 年结束，在长达 27 年的伯罗奔尼撒战争中，斯巴达打败了雅典，并强行建立了亲斯巴达政府（即"三十僭主"），该政府由克里蒂亚斯领导。然而，公元前 403 年，被驱逐流亡的雅典政治家们又回到了由特拉叙布洛斯领导的雅典。他们击败"三十僭主"，建立了一个新政府。

这个新政府的领导成员在公元前 399 年向苏格拉底提出诉讼。他们强烈指责苏格拉底，称他"腐化青年"、在雅典引入新的神灵。事实上，他们的目标是消除苏格拉底的批评，因为那些批评可能会破坏雅典当局的政治计划。

正如我们将看到的那样，苏格拉底在这个过程中勇敢地斗争，拒绝不公正的控告，也拒绝任何可能挽救自己生命的妥协——雅典法官判他死刑，基于忠诚，苏格拉底拒绝逃离雅典，宁愿死也不后退。

苏格拉底喜欢与人交谈，但并没有留下著作。我们对他的了解主要归功于柏拉图，柏拉图用对话录的形式记录了苏格拉底的教导。

二、把金钱当作工具，而不是目的

亲爱的索菲亚，为了更好地理解苏格拉底，我引述一个关于他的趣事。有一天，苏格拉底的学生们决定送他一双新鞋，以替换他每天都穿的旧鞋。收到礼物后，这位哲学家说：

"亲爱的学生们，感谢你们送给我礼物。我原来的鞋子还是很舒服的，我不想因为它们旧了就把它们换掉。我每天早上都要到集市去，实际上，不是为了买东西，而是去看看究竟有多少东西是我不需要的。"

想象一下，苏格拉底和你在一座城市里散步。看见商店橱窗里的各种奢侈品，他会说："索菲亚，你不购买这些昂贵的东西，也可以幸福。'美德'是获得生命中诸多美好东西的源泉，也是你获得幸福的源泉。相信我，'美德'并不来自财富。"

在苏格拉底和他的学生安提西尼的对话中，苏格拉底强烈批评了过度的财富欲："我经常看到一些人明明很富有，却认为自己贫穷。出于这个原因，他们为了获得更多的财富而面临艰辛和危险。我为这些人感到难过。他们患有严重的疾病，好像一直在吃东西却吃不饱。"

坦率地说，安提西尼在解释"节制"这种美德时，太过严苛了。他反复强调："我宁愿死，也不愿感觉快乐。"可以想象，在雅典没有人认为安提西尼是一个可与之相处的有趣的人，因为他骄傲地吹嘘自己的贫穷。苏格拉底遇到了他，讽刺地说："亲爱的安提西尼，我可以通过你衣服上的破洞看到你的虚荣心。"

苏格拉底在与克里蒂亚斯和欧律克西亚斯的对话中说道，对于人来说，最大的"善"就是智慧，因为它有助于我们为幸福生活做出最好的选择。相反，财富本身不能被认为是"善"，只能被当作工具，只有那些能权衡利弊、保持诚实的人才可能从财富中受益。对于那些贪得无厌的人，买东西就变成了痛苦和不幸的根源。

这也是苏格拉底和诡辩派学者安提丰之间另一场对话（由色诺芬所写）的主题：

"安提丰，你似乎认为幸福是由奢侈和浪费组

成的。在我看来，我会因为结交一位好朋友而感到幸福，并且教他们做'善'的事情。我也把朋友推荐给别人，这样他们或许能从我的朋友那儿收获一些道德教益。"

我相信这种教导今天仍然有效：我们活着不是为了更富有，因为金钱和奢侈并不能带来幸福。但是，相信我们可以幸福地生活在贫穷的状态里，也是虚伪的。事实上，在大多数情况下，经济困难带来的常常是痛苦。因此，重要的是拥有一份好职业和足够的薪酬，让你能解决生活中的问题，过上自由、有尊严的生活，实现你的梦想。

亲爱的索菲亚，购买安全的金融产品会帮助你解除由日常开支引起的恐慌，让你更安心地生活。无论如何，正如苏格拉底教导我们的那样，每个人都应该正确地认识金钱，把它视为工具，而不是目的。那些只有在赚了很多钱之后才觉得拥有幸福的人会感到失望（假设他们达到了这个令人垂涎的目标）：金钱可以帮助我们更好地生活，给我们的内心提供额外的平静空间，但它本身不会自动产生幸福。事实上，常常有人为了赚钱，放弃了自己的梦想或道德追求。哲学家卢梭说："你所拥有的金钱给了你自由，你想追求的金钱反过来奴役了你。"

我建议你把重点放在提高自身的能力和开发个人的兴趣上，想想怎样获得良好的中学和大学教育，如何完善你的能力并善用它们。这将增强你的自信，帮助你经济独立。一份能够激发自己激情的事业至关重要，对你提升整体幸福感大有裨益。这是任何有智慧的人都会渴望的理想目标。

三、用知识充实头脑

在苏格拉底之前，古希腊人把能在战争或比赛中取胜的能力（由于个人能力和神灵的帮助）与"美德"联系在一起。他们认为那些在奥运会、军事战争和城邦政治斗争中表现突出的人，才是"德高望重"的人。

苏格拉底发现一个事实：上述最盛行的三种"美德"并没有带来幸福。相反，它引起了希腊城邦之

间甚至是雅典内部的战争、专权统治和冲突，给人们的生活带来了负面影响。所以，苏格拉底开始思考怎样才能获得真正的幸福。他很快得出结论：真正的幸福并不依靠外部因素（如权力、荣誉或财富），而只能通过爱护我们的灵魂才能获得。

据苏格拉底说，一个人的本质与她或他的灵魂是一致的。因此，要幸福，就要由灵魂和智慧支配身体和情欲。苏格拉底与阿尔基比亚德对话时，说："乐器是工匠创作作品的工具。同样，身体是一种服务于灵魂的工具，灵魂指引着一个人的生活。"

在一个理智的人心中，真正的美德是知识。我们只有了解这一点，才能去完善我们的灵魂，不断发挥自己的道德和理性的潜能。相反，对之视而不见是一个不利于理性和良知的恶习。此外，我还想说一句有点讽刺的话：一个有文化的人有能力假装忽视它，事实上这根本不可能。

在遭受审判期间，苏格拉底说，他一生的主要目标是教育公民，让他们不受物质和短暂快乐的诱惑，并劝告他们关心自己的精神成长：

"我亲爱的朋友们，你们是雅典人，是以智慧和力量著称的城邦公民。像你们这样只图名利，不关心智慧和真理，不追求完善自己的灵魂，难道不感到羞愧吗？如果你们中有人说他是关心的，我不会让他马上走，我会跟他聊天，去测试他。如果他看起来并不拥有美德，却说他有，我会责备他把最不重要的、最无价值的事情当作最重要的。无论是年轻人还是老人，外邦人还是公民，只要我遇到了都会这样做。但我更关心你们，公民们，因为我们是一个紧密相连的整体。"

　　尽管这段话是在2400多年前发表的，但在今天依然有意义。为了幸福，重要的是通过知识来充实我们的大脑。做到这一点，我们就可以继承数百年来人类创造的巨大的文化遗产。

　　在拉丁文中，"文化"这个词是指培育土地，种出丰硕的果实。然而，西塞罗把它的意思引申为培育灵魂，让人发展成为理性的人。

　　文化是人类历史进程中累积的遗产。学习文化知识有很多方式：参加中学和大学的课程；读书；

参加研讨会和艺术活动；与他人交换意见；观看优秀的电影和纪录片；致力于研究某种特别的艺术；学习外语。一般来说，这些有趣的活动值得人们花费一生的时间参与其中。

文化是培育独立思考的唯一良药。这就是为什么古代的专制君主想方设法阻止文化的传播，甚至迫害那些不利于他们统治的知识分子和艺术家。

亲爱的索菲亚，我希望你能体验到每天用知识充实头脑的乐趣，因为这样可以让你拓宽视野，发展创造力，提高智力，增强观察的灵敏度，有助于人格的培养，促进选择能力的提高。

四、全面认识生活

苏格拉底的一个伟大见解是"美德就是知识"（因为人是理性的动物）。因此，人们有能力、也有责任提高自己的道德和思想水平。反过来，道德和思想水平也会使人们获得知识，赋予人们生活的意义。

正如我前面提到的，根据苏格拉底的观点，人类唯一的美德就是知识：知道什么是"善"的人，才可以凭美德生活（因为他们知道是与非的区别），因此他们是幸福的。苏格拉底说："一个拥有'善'的人，无论生前还是死后，在他身上都不可能发生坏事。"

苏格拉底还说："如果一个男人或一个女人诚实、善良，那么他或她就是幸福的。另一方面，非正义的人和邪恶的人不会幸福。"因此，对于苏格拉底来说，幸福是与认识善恶、实践善恶联系在一起的。

苏格拉底说，从小时候起，他就感受到了神灵的存在，一个声音（像《木偶奇遇记》中会说话的蟋蟀一样）警告他不要去做某些可能违背"善"的事情。

这个神灵应该是良知的化身。良知促使人反思，批判地分析自己的行为，为自己的行为负责。在苏格拉底遭受审判的过程中，他说，为了发挥人的潜能，取得自然而然的成就，过有尊严的生活，人必

须不断思考如何以"美德"为原则去生活——"我认为，对于一个人来说，最大的善就是每天思考你所听到的美德和其他关于美德的事情。我认为未经省察的人生不值得一活"。

即使在今天，很多人也没有意识到自己内心的良知，不明白良知可以决定生活中的哪些目的。与动物不同的是，我们可以只用自己的一部分思想，就能满足我们的基本需求；或者最大限度地运用自己的思想，了解自我，了解发生在我们周围的事，从而对生活负责。我们可以全面认识自己，也可以苟活下去，做一天和尚撞一天钟，任由自己被人主宰，被外部所约束，而不是提出问题。

不幸的是，很多人或是懒惰，或是害怕找到令人讨厌的东西，或是逃避责任而放弃了全面认识生活。有了这样的态度，人们就很难仔细认识自我，从而面临不幸福的风险。他们可能看不到与生活有关的问题（通常是因为他们害怕），而这种自我蒙蔽将带来更多的问题。他们可能会错过难得的机遇，因为他们害怕面对新的挑战，也因为他们认为自己不具备相应的能力。

　　一个人的幸福与他选择正确人生方向的能力密切相关。一般来说，那些浅尝辄止的人常常把自己的失败归咎于别人，或是运气不佳。他们没有意识到，失败往往与他们对现实的理解不够充分有关，他们对自己的潜力缺乏信心，也没有能力评估行动可能产生的后果。因而，人们可能被从众效应、他人的意见或摆脱舒适区时的恐惧所左右。

　　伟大的俄罗斯作家陀思妥耶夫斯基说过："人类生存的奥秘不在于活着，而在于寻找活着的意义。"

　　如果你认真分析自己的内心世界和外部现实；如果你自觉地担当生活的主角，而不是旁观者；如果你每天挑战自我，锻炼自己的能力；如果你找到自己存在的价值，而不是由别人左右，那么你就会更幸福。

五、了解自己的局限

亲爱的索菲亚，苏格拉底说过，美德就是知识，因为知识慰藉灵魂，有助于提高个人素质，从而使人们更幸福。

我想说的是，苏格拉底谈到的知识并不是指由绝对真理构成的东西（例如，神所揭示的真理），而是指我们发挥所有潜能、批判性思考的结果。由于我们能够反思自己的人格和周围的世界，区分善与恶，所以可以做出最好的选择，幸福地生活。

根据苏格拉底的教导，为了发展理智，第一步要认识到自己的局限，承认自己一无所知，因为只有认识到自己一无所知，才能促使自己去填补这个空白，走向真理之路。事实上，你发现傲慢和自负让一个人看上去很强大，但绝不可能让其掌握真理。相反，谦逊和对知识的渴望才能帮助我们打开新的视野。

苏格拉底说，当他的朋友凯勒丰问阿波罗神庙的女祭祀谁是最有智慧的人，女祭司毫不迟疑地说是苏格拉底时，他花了很长时间想这个问题。他认为这个判断并不恰当。他决定与那些有智慧的人（特别是政治家、诗人和工匠）交谈。

苏格拉底很快意识到这些人不具有智慧，简单地说，他们只是相信自己有智慧。从这一点看，女祭司的回答似乎是有根据的。苏格拉底确实是最有智慧的人，至少他知道自己一无所知。苏格拉底说："我不知道的事情，我不假设自己知道。"他急于学习，因为他了解自己的局限。相反，那些以智慧自诩的政治家、诗人和工匠，不但一无所知，甚至都没有意识到自己的无知。因此，他们从来没有想过填补自己缺乏的知识。

按照苏格拉底所说的，为了能够接近真理，首先我们必须放弃所知的一切推定，因为这些推定妨碍我们提出问题，然后仔细反思，无偏见地认识世界和自我。

直到生命的最后一天，苏格拉底都保持着对知识的热爱。据说，苏格拉底在死前不久（被关在监狱里，等待执行死刑），要求他的一个学生给他找一位老师，因为他想学习弹奏齐特琴。这个学生非

常惊讶，对他的老师说："你既然不久后被执行死刑，为什么今天还要学习齐特琴呢？你不是说你宁愿死也不逃跑吗？"

苏格拉底回答说："亲爱的学生，我可以肯定我不会逃跑，我接受死刑判决（即使这是一个不公正的判决），否则我会成为法律的叛徒（我已经做出了教导，即使法律被不正当地使用，也必须给予尊重）。我想学习演奏齐特琴，只是为了知识本身带给我的乐趣，为了体验学习新知识时的快乐，因为我相信这让我幸福。"

我一直很崇拜苏格拉底这样的人，他们即使年老但还是对知识充满渴望。虽然已经掌握了一生中可以学到的所有知识，但他们还在继续学习，跟上时代，迎接新的挑战。

亲爱的索菲亚，我希望你也有苏格拉底的谦卑，意识到你的知识永远是有限的，这会激励你继续学习，即使你已经长大成人，这也将拓展你对自我和对周围世界的认识。苏格拉底会告诉你："未经省察的人生不值得一活。"

苏格拉底总是让我们质疑自己坚信的东西，询问自己做的是对还是错，这并不是巧合。事实上，只有通过质疑，你才能培养出一种批判精神，这种精神让人更有反思能力，学会从不同角度分析问题。这样，你就能听取他人意见，做出正确、客观的评价。

那些认为自己总是正确的人，一般来说不是很宽容，也不尊重他人。回望历史，最糟糕的独裁者便是相信自己拥有绝对真理的人。事实上，那些有能力倾听别人、愿意改变想法、承认错误的人，更容易满足生活和工作的要求。

在这方面，英国哲学家和诺贝尔奖获得者伯特兰·罗素认为"愚者过分自信，智者充满怀疑"。

六、认识你自己

当阿尔基比亚德问他的老师苏格拉底如何培养灵魂，以使灵魂完美时，这位哲学家用了一个比喻回答：

"亲爱的阿尔基比亚德，如果不知道什么是戒

指，我们就不会掌握制作戒指的方法；如果不知道如何制作鞋子，当然也不可能制造最好的鞋子。为了完善我们的灵魂，我们必须先了解自己。只有这样，我们才能知道如何更好地关怀自己的灵魂。"

苏格拉底说的"认识自己"是对西方思想的创新，这是首次把西方哲学的研究对象从自然转向人类自身。在柏拉图的对话录中，苏格拉底宣称他不能致力于研究外部世界："我仍然无法了解自己。因此，研究外部事物似乎是荒谬的。"

这种认识自我的观点表明，要获取道德和智力的进步，需要运用分析的方法和已有的知识来认识人的局限和潜能。如果不知道自己是谁，不知道指导自己的原则是什么，那么我们怎样才能观察和评估事物呢？就像驾驶一艘船在大海上航行，如果船没有舵，我们将不能选择正确的航向。苏格拉底提醒我们："离我们最近的，与我们关系最密切的，属于我们自己的，也可能是最不为人知的。"

事实上，认识自我是非常困难的，因为研究者和研究对象是合一的。相对而言，观察、认识和评估某些外在的东西要容易得多，因为我们和想了解的东西之间有一段距离，这使我们可以更清楚、更客观地观察。

我们常常倾向于将知识和对外部世界的分析联系起来，并没有察觉到另一个同样值得关注的世界：我们的思想、情感和处理经验的内部世界。这些也被称为"良知"，是人的重要组成部分。为了真实地生活，重要的是了解我们的思想是如何工作的，了解我们的感觉和情绪，了解我们的真实需求，了解那些潜藏在本能深处的东西（意大利记者欧金尼奥·斯卡尔法里称之为"灵魂最深处"）。

我们需要通过分析自我来了解真正使我们感到幸福的东西，每个人都可以做到这一点。索菲亚，最重要的是，你要始终保持双重视角：面向外部，观察和诠释周围的世界；面对自己，关注自己的良知和内心世界。只有这样，你才更容易理解你的情绪反应，学习如何做出正确的决定。

当你有了一个目标的时候，你不仅要知道实现目标所需要的条件和行动，还要预估它对你的情绪

和幸福可能产生的影响。除了预知如何行动之外，你还要思考在实现目标的过程中可能出现的情绪反应。情绪会告诉你良知将做何反应，因此，学习识别这些反应是很重要的。忽视它们是危险的，压制它们或许更危险，因为这样会限制你做出正确抉择的能力。

追逐他人提出的目标和复制他人的成功模式是错误的。深刻了解自己，将帮助你成为自己生活的建筑师。如果你了解自己的感受和愿望、潜力和局限，你会对自己的能力拥有更多的信心。当你为自己的未来做出重要决定时，你会感觉更加安然。这些决定只能根据你的良知和思想来做出，正如法国哲学家蒙田说的那样："苏格拉底通过展示每个人都有巨大的潜力，给人类提供了一个很好的机会。每个人都比他自己想象的要丰富，但他自己却忽略了这一点，转而向别人求助。"

七、永远不要停止发问

苏格拉底说，真正的哲学家总是知道自己一无所知，因此希望通过不断的质疑来了解真理。为了解释人对知识的渴望，苏格拉底讲述了厄洛斯（又名丘比特）诞生的神话，古希腊人认为厄洛斯是爱与情欲的结合。今天，厄洛斯仍然是一个小天使，一旦被他的弓箭射中，就会在两个人之间点燃爱的火花。

柏拉图在《会饮篇》中讲述了厄洛斯的故事，在这本描述朋友欢乐宴飨的谈话集里，每个人都阐述了关于爱情的理论。苏格拉底说，阿弗洛狄忒（爱与美之神）出生的那一天，奥林匹斯的众神为她举行了宴会，波洛斯（美好的化身，擅长计谋）就是其中一位。过了一会儿，潘妮娅（贫穷的化身）开始乞讨，她看到波洛斯一个人喝醉了，便决定引诱他，并有了他的孩子。

波洛斯和潘妮娅的结合诞生了厄洛斯。厄洛斯具有双面性格，一方面他贫穷、粗鲁、无家可归；另一方面，由于他的父亲是波洛斯，他聪明伶俐，

渴望知识。根据这个神话可以看出，爱是一种渴望，来源于我们对自身的不满；爱促使我们实现愿望，爱让我们大胆地追求自己不完全拥有的东西。

苏格拉底说，真正的哲学家就像厄洛斯，在智慧和无知之间被俘获了。这样的人对知识总是怀有强烈的渴望，不断追问自己和他人。

苏格拉底认为，提出有关生命的质疑是他的义务。他对这样的回答一点儿也不满意，比如"亲爱的苏格拉底，你想知道什么是勇气吗？不做逃兵，而是与敌人作战，这样的士兵就是勇气的代名词"。

相反，苏格拉底要求他回答事物的本质（什么是美德，什么是善，什么是美，什么是勇气），让他为所有事物提供一个有效的定义。根据亚里士多德的说法，苏格拉底提出了归纳法，其中包括通过分析一些特殊的案例，从中抽取一个共同的元素，然后形成一个一般的定义，这个定义在所有情况下都是有效的。举一个例子，如果我们看到一只长颈鹿有长颈，然后看到第二只和第三只具有相同特征的长颈鹿，我们通过归纳得出结论：所有长颈鹿都有长颈。

这是苏格拉底一个了不起的教导：永远不要满足于浅层知识，不要被动地接受别人告诉你的话（特别是涉及基本生活方面的问题），而应通过质疑、不断调查以掌握真理，正确地做事。

捷克小说家米兰·昆德拉或许是受苏格拉底的启发，才留下这样一句名言——愚蠢来自对每一件事情都有一个答案，智慧则来自对所有事物都充满质疑。

当今世界（由于科学技术的进步）发生了巨大的变化，经常迫使我们不得不面对与生死相关的新问题。因此，重要的是深入了解这些问题的各个方面，不带偏见地质疑我们已有的认识，敢于面对新困境。我们每个人都必须认真思考如何解决这些新的伦理问题，形成自己的看法。

八、与他人对话

亲爱的索菲亚，如果要想象苏格拉底的样子，就想象这样一幅场景吧：公元前 5 世纪，在雅典的街道上，一个长着大胡子的人，穿着一件简陋的长袍，一心想要向同城的公民问问题。一些对哲学研究不感兴趣的人可能会做出这样的反应：

"看看谁来了，那个讨人嫌的苏格拉底！我们得赶紧走，否则会被他耽误一整天，他会问你'什么是美德？什么是善？什么是美？什么是勇敢？'之类的。"

苏格拉底并不是一个浪费别人时间的人，他只是相信他的使命是鼓励人们思考、消除偏见、通过对话寻求真理。对苏格拉底来说，他的幸运在于不会因为对方的短信或电话而分神，而这种情况在今天常常发生。

亲爱的索菲亚，我们不应该让手机影响沟通，因为这样会让我们与交谈的人产生疏离感。听取他人的意见并做出充分回应是非常重要的，这样对方才会意识到他们说的话对我们很重要。

与别人谈话时，苏格拉底最初试图用反讽作为武器来破坏对方确信的东西，逐渐消除他们的偏见。他用"助产术"的方式提升人们的批判精神，目的是帮助对方重新认识真理。就本意而言，助产术即妇女在分娩期间获得协助的方法。苏格拉底向年轻的数学家泰阿泰德解释了这个方法，他说：

"你是否听说过一位名叫菲娜拉底的助产士？我是她的儿子，我也在做相同的事情。与我妈妈不同，我是灵魂的助产士。试着理解我做的事，你会明白我的意思。

"亲爱的泰阿泰德，你有像农妇一样的痛苦：这证明你充满智慧，而不是腹中无物。我的方法类似助产士，但不同之处在于助产士是帮助孕妇生下婴儿，而我是努力帮助人们'诞下'真理。我和助产士也有一些共同之处。你知道，助产士的工作只有那些到了一定年龄，不能再生育孩子的妇女才能担任，而我也如此。我在很多人的批判中承认了这个事实，我只能质疑别人，我不在任何问题上表达自己的想法（因为我是无知的）。原因就在于：我

的任务是'助产'，帮助他人生育，而不是帮助自己生育。

"我并不聪明，我一无所知。但是，那些喜欢跟我说话的人，虽然一开始他们看起来也是无知的，但随着时间流逝，他们有了很大的理智优势。很明显，他们没有从我身上学到任何东西。相反，在我的问题刺激下，他们自己发现了真理，产生了许多很棒的想法。我帮助他们'生产'很棒的想法：这个价值肯定归功于我。"

显而易见，这是一种自我教育的方法。老师的任务不是将概念和理论传授给学生，而是帮助他们提高理解力，以（通过对话）发现他们头脑中已有的真理。

我认为苏格拉底的这种方法，在当今时代尤为有效，尽管年轻人通过技术可以轻松获取大量的信息。现在的年轻人更需要引导，教师的任务不该是直接教会学生某个概念，而应该专注于帮助孩子提高批判性思考的能力，以在庞大的媒体迷宫中更准确地定位自己。这种教学方法有助于孩子辨别哪些是虚假无用的信息，哪些是重要有用的信息。

亲爱的索菲亚，苏格拉底通过对话探索真理的方法值得你学习，你应该随时准备好面对别人：如果你尊重别人的意见，并不带偏见地阐述自己的想法，你的智慧就会增长。

九、根据你的原则做事

苏格拉底慢慢变老，他一生中的大部分时间都在教导雅典人按照美德生活。后来，雅典政治局势紧张，苏格拉底遭到了不公正的审判。公元前399年，三名与雅典新政府关系密切的男子（美勒托、阿尼图斯和吕孔）指控苏格拉底"腐化青年"，亵渎雅典神灵，甚至引入新的神灵。

苏格拉底为自己辩护，反对第一条"腐化青年"的指控。因为任何这样做的人都有可能反被腐化。苏格拉底认为，没有人愿意这么做，因为他们会自食其果；或者，有人被逼迫才这样做的。即使有人诚心诚意这么做，也不应该因为真诚而受到惩罚。

被指控"亵渎雅典神灵"和"引入新的神灵"是因为苏格拉底说过，他可以倾听内心神灵（良知）的声音，它要求自己要做错事的时候或者说错了什么的时候停下来。

苏格拉底为自己辩护，他内心的声音不是神灵，只是神灵的一个孩子。苏格拉底没有引入，也不想引入新的神灵，反而确认了雅典神灵的存在。

苏格拉底对他的雅典公民说：

"在这一点上，雅典人，我觉得不必费口舌来证明对我的指控是毫无根据的。我觉得我的理由绰绰有余。在这一点上，如果有人说我的行为会危及我的生命，我会回答：我的朋友，如果你认为一个善良的人应该考虑死亡的风险，一个善良的人只考虑他的行为是对还是错，是正义还是邪恶，那你就错了。

"作为一名军人，如果我在波提狄亚、安菲波利斯和德利姆参战时没前往指挥官命令我去战斗的地方，我会感到内疚。现在，如果神灵指派我扮演这个角色，即哲学地生活，审视自己和别人，而我因为害怕死亡或者其他危险投降了，离开了这个领域，后果会很严重。如果为了脱罪，你要求我终止我的研究和作为一个哲学家的活动，我会回答：哦，雅典人，我爱你们，但我更愿意服从给我这个任务的神灵，而不是服从你们。只要我一息尚存，我会继续研究哲学，敦促你们，并告诉我遇到的所有人，像我平常所做的那样。

"我认为，我们的城邦能从我做的事情中得到益处，我热忱地劝告雅典人，不论你年轻还是年老，不要只顾个人或财产，去完善你的灵魂吧，因为美德并不来自财富；相反，美德可以给个人和城邦带来财富所带不来的好处。听我的，雅典人，无论你认同控告者的控告还是反对针对我的控告，你都可以肯定，即使我死了一百次，我也不会改变我的行为。为了像父亲或哥哥一样关心雅典公民，教导你们培养美德，我已经多年不在乎个人利益和我的家人了。

"如果我从我做的事情中获得哪怕一点儿好处或报酬，那么你们对我的指控就是合理的。但正如

你所看到的，控告者并没有无耻到让一个证人说我收钱了。相反，我的贫穷证明了我对金钱丝毫不感兴趣。如果我真的腐化了年轻人，那么我早已腐化了我的学生。现在已经成年的他们可以指责我是一个坏老师，控告者可以让他们指控我。相反，他们都不愿意指控我。事实上，你会发现我的所有学生都准备为我辩护。"

在雅典的审判中，往往发生这样的事情：被告让子女和其他家属参与其中，这些家庭成员哭着求法官救救他们的亲人，试图从法官那里获得宽大处理。苏格拉底拒绝采用这种方法，不仅是因为他认为这超出了他的底线，损害了公民的尊严，还因为他认为法官应该依法做出决定，而不是由于怜悯。

不幸的是，苏格拉底因为习惯用反讽的语言驳斥别人而招到许多权贵们的记恨。或许正是这个原因，大多数法官投票反对这位哲学家的辩护，因为他们认为这是摆脱批判精神的最好时机。

雅典的法律规定，一旦投票确认有效，控告人可以提出他们认为合适的惩罚方式。当检察官要求判处苏格拉底死刑时，苏格拉底不认罪，还建议雅典人以牺牲整个城邦为代价送给他一笔津贴，不过，这样的回报也不足以与他从事的教导雅典人的事情相提并论。

苏格拉底的说法被法官认为是真正的挑衅，这有助于法官说服大多数人投票支持死刑判决。苏格拉底平静地接受了这个决定，他说最大的害处不是他的死亡，而是非正义的行为会继续发生在所有善良的人身上，无论是活着的人还是死去的人。

最后，苏格拉底向审判他的法官发表了最后的陈词："离开的时间已经到了，我们各行其道：你们活着，我即将赴死。除了神灵，没有人知道我们中的哪一个会拥有更好的命运。"

如果苏格拉底对控告者采取顺从的态度，停止旨在唤醒雅典人良知的活动，其实他完全可以免死。但是，这位哲学家更愿意忠于他作为城邦批判者的角色，按照自己的思想去生活。

亲爱的索菲亚，为了过上幸福的生活，一个人要忠于自己。虽然我们害怕被那些拥有不同价值观

的人批评或被边缘化，但是按照自己的原则和价值观说话、做事，不伪装，不撒谎，这才是最重要的。

我们也可以和有着不同原则的人和平辩论，坚持不放弃自己的原则。即使我们必须变得灵活一点才能避免伤害别人的感情，也依然要尊重自己的价值观，依据我们的原则做事。

内心之中，我们有自己的想法和原则。为了理解所处的时代，我们应该知行合一。如果我们没有做到，且两者之间长期存在冲突，那么我们不可避免地会因无意义的行为消耗生命而感到痛苦。

十、遵守法律

根据雅典的习俗，在宗教庆祝活动期间不能处决任何人，要一直等到去提洛岛祭祀的船返回雅典，苏格拉底因此没有被立即处决。

在这段时间，苏格拉底的朋友们去监狱里看他，贿赂看守让苏格拉底逃跑。当船只返航的消息传回雅典，他的学生克里托跑来告诉苏格拉底，他第二天将被执行死刑，必须马上逃离雅典。为了说服苏格拉底，克里托说如果苏格拉底不逃跑，很多人都会因为苏格拉底的朋友没有帮助他而遭受指责。我不认为苏格拉底认同克里托的观点。也许，在听他的学生说话时，苏格拉底在想："该死，我听到了什么？我都快死了，克里托还在关心自己的声誉。"

克里托向苏格拉底保证，已经把足够的钱给了守卫，许多雅典人已经准备好帮助苏格拉底逃脱死刑。然而，苏格拉底不顾克里托的建议，更愿意按照自己的原则做事。即使受到不公正的审判，他仍然忠实于美德。他说，活到多少岁并不重要，最重要的是依据美德的原则活到最后一天。苏格拉底没有逃离监狱，因为这个行为是违反法律的（事实上，即使审判不公正，也不妨碍雅典法官依法对苏格拉底做出判决）。

为了解释自己为什么拒绝越狱，苏格拉底告诉克里托，在逃跑的过程中他会无法忍受自己的耻辱感。他认为法律与自己是血肉相连的，法律会阻止他逃跑，并指责他的背叛。苏格拉底认为"法律"

会这样跟他说：

"苏格拉底，请你告诉我们你打算做什么？你的目的是什么？你愿意毁灭我们，毁灭法律和整座城邦吗？你认为法官的判决被宣告无效，这个城邦还能存在吗？请不要对我们所说的感到惊讶，请回答我们的问题。你反对过我们和城邦吗？你不认为正是我们给了你生命吗？你认为只是你的父母给了你生命吗？

"你确实遭受了不公正，但这种不公正不是法律造成的，而是那些审判者决定的。如果你以这样卑鄙的方式逃跑，你将为另一种罪行感到耻辱，你将违反与我们、与雅典的法律之间的契约，你将伤害那些最不应该受到伤害的：你自己、你的朋友和你的城邦。"

亲爱的索菲亚，苏格拉底向克里托解释他不想逃跑的话，是公民教育中最精彩的内容。苏格拉底不违反城邦法律对我们是有教益的。遵守规则意味着尊重其他公民，这样有助于建立一个更加公正安稳的社会。这样，我们可以更幸福。

在成长过程中，你将变得独立，要学习如何负责任地管理自己。你应该知道，违反禁令或者采取傲慢的态度，不会让你成为一个独立的成年人。相反，如果你尊重规则和其他人，那么你会变得成熟，也能和周围的人和平共处。

柏拉图告诉我们，苏格拉底在生命的最后几个小时与学生们谈论生死，安慰那些因为他即将被处决而伤心的学生。当看守拿着装有毒药的杯子进入监狱时，苏格拉底毫不犹豫地喝了下去。死之前，他把最后的任务交给了他的学生："我们还欠阿斯克雷皮阿斯一只公鸡，别忘了！"

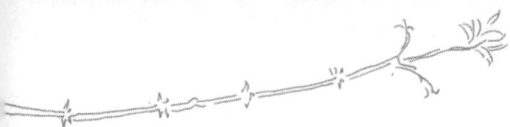

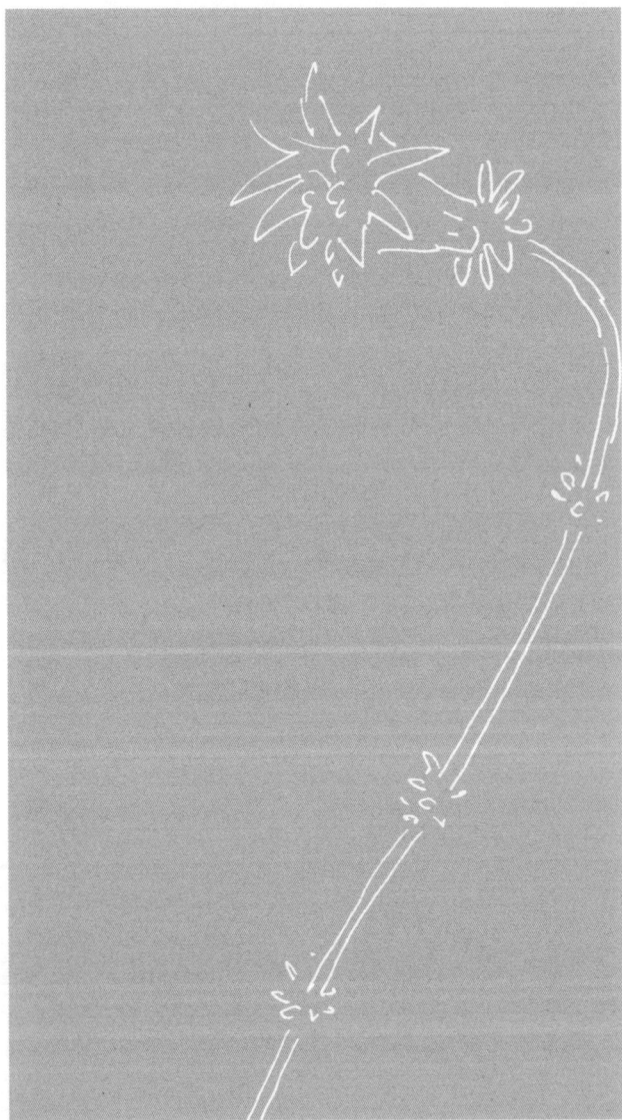

第二章·柏拉图的幸福观

一、柏拉图的生平

亲爱的索菲亚，柏拉图是人类历史上另一位非常重要的哲学家。公元前 427 年，他出生在雅典的一个贵族家庭。柏拉图的原名是阿里斯托勒斯，因为小时候肩膀很宽，所以他有个绰号叫"柏拉图"（来源于希腊语 platýs，意思是"巨大的"）。

年轻的时候，柏拉图对诗歌很感兴趣，但苏格拉底改变了他的生命轨迹。一经接触苏格拉底的思想，柏拉图就立刻被吸引住了。为此，柏拉图放弃了诗歌学习，投入到哲学的怀抱，很快便成为苏格拉底最优秀的学生。柏拉图记录了很多有关苏格拉

底的事迹，让后世得以窥见苏格拉底的思想。

柏拉图亲眼看见了雅典于公元前 404 年在抵抗斯巴达的战争中惨败，也经历了斯巴达"三十僭主"的专权统治，还见证了雅典对苏格拉底的审判（公元前 399 年）。这些经历对柏拉图产生了深刻的影响。之后，为了建立一个能够保护正义与和平的政府，以防再次发生苏格拉底那样的悲剧，柏拉图开始潜心研究政治学。

柏拉图生活在希腊城邦之间冲突不断的时期，这些冲突给雅典造成了严重的经济和政治危机。赢得伯罗奔尼撒战争（公元前 431 年到公元前 404 年）的斯巴达开始了强权统治，但很快就遭到其他城邦的反对。公元前 371 年至公元前 362 年，底比斯在希腊半岛占据绝对的军事优势，最终推翻了斯巴达的统治。

40 岁时，柏拉图决定离开雅典访问地中海的其他地区。在去过麦加拉、昔兰尼和埃及之后，他来到意大利南部一片广阔的国土，那里有很多由希腊移民组成的社区和新建立的城市。

公元前 388 年左右，柏拉图住在塔兰托，这是意大利南部一个重要的城市，并在毕达哥拉斯学派哲学家阿基塔斯（塔兰托开明的国王）建立的学园访问。后来，柏拉图去了西西里岛，成为狄翁的好朋友。狄翁是叙拉古国国王狄奥尼索斯一世的内弟。

刚开始，柏拉图认为，凭借他跟狄翁的友谊，能在叙拉古国实现他的政治主张。但是，这只是他的幻想，柏拉图很快便发现狄奥尼索斯一世根本没有采纳他的政治主张。

几次失败之后，柏拉图于公元前 387 年回到雅典，创办了名为"阿卡德穆"（以古希腊英雄阿卡德穆命名）的学园。学园以苏格拉底式的对话法教育年轻人。

公元前 364 年，在狄翁的力邀下，柏拉图回到了叙拉古国，因为那里又有了实现政治抱负的可能。事实上，新的国王狄奥尼索斯二世（与狄奥尼索斯一世比起来）看上去更能采纳柏拉图关于治理西西里岛的意见。亲爱的索菲亚，我想，柏拉图应该和你一样喜欢西西里岛的糕点，为了吃到糕点，他情

愿冒着再次失败的风险来到西西里岛。

历史学家卢西亚诺·坎弗拉有一个权威的观点。他强调,柏拉图愿意为了检验其政治理论的有效性而面对挑战。坎弗拉写道:"在一些哲学家面前,如塞内卡和马克思,柏拉图有着显著的特点。他不是那种精于选择、总做'正确'事情的人,虽然历史和后人已经证明了谁对谁错。"

事实上,柏拉图并没有在西西里岛停留太久。狄奥尼索斯二世与柏拉图发生了分歧,并将他囚禁起来。多亏他的朋友阿基塔斯为他赎身,柏拉图才获得自由。转年(公元前360年)柏拉图回到了雅典,致力于学园的教学,并完成了最后一本书的书稿。柏拉图一直生活在那里,直到公元前347年去世,当时他的身边尽是他喜爱的学生。

柏拉图有许多著作,我们现在可以读到的是34篇对话录、13封书信和一篇《苏格拉底的申辩》(记录了公元前399年苏格拉底在审判中为自己辩护的演讲)。

二、接受教育

亲爱的索菲亚，柏拉图认为，每个人都想得到幸福，要想达到这个目标，人们应该按照理性的原则生活，按照"善"的原则做事。在这一点上，我想你可能会说："亲爱的爸爸，到目前为止，柏拉图的话并没有什么特别的。在我看来，柏拉图不过是受到他的老师苏格拉底的启发。"

事实上，我们是通过柏拉图的著作（其中几乎都是以苏格拉底为主角的对话）来了解苏格拉底的思想，所以要精准区分柏拉图与苏格拉底的思想并非易事。实际上，苏格拉底的很多理论是由柏拉图详细阐述的。

柏拉图认为，理念世界（非物质的）与可感世界（物质的）是分离的。柏拉图断言，理性、理念和灵魂属于理念世界，而欲望、本能、感觉和身体（灵魂被锁住的监狱）属于可感世界。

按照柏拉图的说法，如果以理性为原则实现自我，一个人就会幸福。也就是说，如果理性主导可感世界（包括本能和欲望），人们就能幸福。这意

味着一个人必须完成柏拉图定义的活动，即"第二次航行"（出自《斐多篇》）：这个航海用语是指当风力减弱，水手们不能依靠船帆时，就必须借助船桨和手臂的力量航行。

"第一次航行"（借风起航）代表基于可感世界的知识（这些知识让我们了解周围的可感世界，但在柏拉图看来，这些知识是表面的、肤浅的）。"第二次航行"比"第一次航行"困难得多，意指理念世界的知识是抽象的、普遍的概念。柏拉图认为，理念世界才是我们应该通过理性去研究的真实世界。

柏拉图教导我们不要被表象（可感世界和物质世界）迷惑。他告诉我们要用智慧去追求真理和"善"，这是人与其他生物的最大区别。

柏拉图说，为了幸福生活，人们必须用知识充实大脑，用理性指导生活。他在《美诺篇》中强调，只有智慧和理性才能让人幸福："在理性的指导下，灵魂所从事和追求的一切活动最终引领人们获得幸福。而以愚蠢为指导，则恰恰相反。"

在《欧绪德谟篇》中，柏拉图说，可以传授的知识和智慧，是一个人所能获得的最有价值的财产："我们都想获得幸福，很显然，只有正确运用知识，才能变得幸福。所以，每个人都应该成为一个有智慧的人，祈祷自己的父亲、监护人、朋友和其他人都能传播他们自己的智慧，而不是财富。"

亲爱的索菲亚，你一定知道遵循柏拉图式的教诲是多么重要，特别是对年轻人来说，要把获得知识、运用知识作为挖掘生活智慧和保持尊严的方法。

此外，在世界的另一端，伟大的中国哲学家孔子（公元前551年至公元前479年）呼吁他的学生从事同样的研究。孔子说："无知是智慧的黑夜，没有月亮和星星的黑夜。"

索菲亚，请你珍视这个很好的教诲：通过学习来增长智慧，不仅会扩大你的精神世界，还会促进你的情感成长；不仅要上课，学习书本知识，还要学习正确的方法，通过这个方法来更好地丰沛你的精力，管理你的时间。

考虑到现在智力工作越来越有市场，也日益受

到重视，因此要抓住最好的工作机会，必须具备合格的能力，并愿意在以后的职业生涯中不断提高自身能力。

如果认真学习（相信我，这将是愉快的体验），你会熟练掌握工作技能。此外，你还要学习如何自律，以迎接未来的挑战（甚至是困难）。

对此，哲学家、政治家安东尼奥·葛兰西说："我们要让人们相信，学习也是一项工作。它需要特殊的训练，不仅需要理智的训练，还需要肌肉训练。这是一个适应的过程，一个可以通过实践和努力养成的习惯。"

三、保持清醒

在《斐德罗篇》中，柏拉图通过一个引人入胜的神话故事阐述了他对于人的理解。他认为，我们的灵魂在进入身体之前，就像一辆飞行在"上界"（译者注，指理念世界）的带有翅膀的马车。在那里，灵魂能窥见"绝对理念"（地球上所有事物永恒和完美的理念,如马的理念、花的理念以及善的理念)。

柏拉图使用几何规则阐明了理念的重要性,这个规则对他来说非常重要。实际上,在柏拉图创办的学园入口处写着这样一句话:"不懂几何者,不准入内。"

我们可以观察到自然界中不同的几何形状(例如,树的年轮或者把石头扔进池塘中泛起的圆圈),但这些都是"圆"的理念的一个摹本。根据定义,圆是在同一平面内,与固定点有相同距离的一组点。

回到神话故事中,带有翅膀的马车(在进入人体之前代表灵魂)由驾车人(象征理性)控制,他用缰绳控制两匹马:一匹马是黑色的,一匹马是白色的。黑马热情活跃,想把马车拉倒;白马慷慨且高尚,想要飞到"上界"。

为了更好地理解这个比喻,我们可以认为黑马象征着灵魂中非理性的那一部分,包括激情、食欲和人类的低级本能,而白马代表着灵魂的理性部分,它向往高尚,追求荣誉。

如果没有这两匹马,马车就不能移动,但是反

过来，如果这两匹马不受驾车人的控制，那么马车终将失控。

柏拉图的意思非常明了。低级本能和对高尚的寻求是人类生活的重要组成部分，但是我们要用理性控制它们，以达到平衡，从而幸福地生活。

马车（相当于现代的汽车）的这个比喻使我想起了由于疲劳、酗酒和吸毒而引起的交通事故。柏拉图的故事告诉我们，不要去做任何可能削弱或遮蔽我们智慧的事情，不要让自我失去控制，不要给自己和他人造成不可弥补的伤害。

为了幸福生活，我们必须时刻保持清醒以认清现实，并对身边危险的事情有所察觉。有时候，一个满足欲望的冲动可能会占据我们，让我们忽视所面临的风险。试想一下，抽烟或其他不良习惯会影响健康，但有人为了满足自己的欲望，宁愿忽视这种行为可能带来的危害。

柏拉图的故事意在告诉我们不要被欲望所支配，做事情要保持理智，在客观评估现实的基础上，选择理性的行为，做正确的事情。

四、致力于公众利益

在有关马车的神话中，柏拉图说，驾车人试图驾驭两匹马以尽可能地靠近"真理之地"：这个地方位于"上界"，每个人都可以在这里认识到完美的理念。然而，如果驾车人不能驯服这两匹马，战车的翅膀就会折断，灵魂便会落到大地上，进入人的身体。

亲爱的索菲亚，请记住，对柏拉图而言，理念才是真实的，才是一切完美的、永恒不变的代表。我们每天用眼睛观察的对象都是理念的摹本：不完美的和不断变化的摹本。

也许你认为柏拉图的理念论（对他来说，代表了我们最应该知道的事物本质）是非常奇怪的。但是，如果深入思考，你可能会同意这样一个原则：为了以某种方式了解事物，我们所观察的对象是被定义的，而且这一定义不会很快改变。

想象一下，在刮风的日子里，当云朵互相追逐时，我们很难描述它们的形状；当夜空里的烟火形成一连串明亮而多彩的光亮，那也是很难描述的。

所以，柏拉图说的理念也可以被看作掌握事物本质的方式。只有理念是知识的对象，因为只有理念能让我们理解永恒不变的真理。

按照柏拉图的说法，灵魂飞向大地之前，由于距离太远，并没有足够的关于理念的记忆。因此，那些灵魂未进入身体的人无法从物质世界过渡到真实的理念世界（每个人都能抓住事物的本质）。

相比之下，接近"真理之地"并能够观照理念的灵魂在离开"上界"后，会对那个完美而永恒的世界产生一种怀念。因此，这些灵魂在进入身体之后，会让人有从事哲学研究的冲动，进而成为哲学家。只有这些哲学家，才可以获得真正的知识，因为他们的灵魂接近"真理之地"，他们的思想经过训练可以掌握理念。

哲学家因为掌握了善的理念，所以是最能根据公民的共同利益来治理城邦的人。柏拉图说："真正的哲学家是能探索和认识善的本质的人。"

柏拉图认为"人因为拥有善而幸福"。为了真正的幸福，我们需要致力于追求绝对的善。对他来说，绝对的善就像太阳一样"照亮"了其他所有理念。

柏拉图解释说，我们不能通过满足身体的欲望（物质世界中短暂的快乐）来实现真正的幸福，而只能通过满足灵魂的要求来实现。所以，我们必须发展理性认识的能力，直到我们拥有智慧。因为只有增强理性认识的能力，掌握知识，我们才可以发现真理和一切事物的本质。只有这样，我们才能按照"绝对的善"的原则来做事，并为每个人争取他们的共同利益。

这就是为什么柏拉图认为实现幸福需要建立一个公正的社会。每个人都能根据自己的能力为公共利益做出贡献，这样每个人便可以从中获得幸福。

柏拉图在其最重要的著作（《理想国》）中写道："我们需要创造一个幸福的国度，而不仅仅是让一些个体获得幸福。"

最近，一些学者根据个体幸福感和共同利益之间的紧密关系，创造了一个名为"总体幸福感"的新指数。它替代了国家经济发展指标，用环境状况、法律和司法制度的公正性、总体社会质量、健康和

教育服务等指标来衡量公民的福利和幸福水平。

亲爱的索菲亚，如果你想了解一位笑容满面的真正幸福的人，你应该看看弗兰克·卡普拉的电影《生活多美好》的最后一幕，主角乔治·贝利接受市民们筹集的资金以帮自己拯救公司（贝利大厦和贝利信贷）时的样子。多年来，乔治的公司帮助很多家庭实现了美好的生活。

在此之前，乔治正在为即将到来的破产（由盗窃引起）感到绝望。当天使阻止他自杀时，乔治说"我宁愿没有来到世上"。天使听了之后，给乔治看了一幅场景：乔治如果没有来到这个世界，他所在的城市将是多么贫穷、腐败和肮脏。

那一刻，乔治认识到他为公共福利做出了难以置信的贡献。他请求天使让他重新生活，重新拥抱他的家人和朋友。

我认为一个对公众有用的人是非常值得称赞的。所以，我的小索菲亚，我希望你能以那些拥有公民精神的人为榜样，利用一部分空闲时间参加公民活动，为公众利益尽一份力，帮助他人解决问题。

这些人的贡献证实了哲学家诺贝托·博比奥所说的："国家的基础不仅仅是良好的法律，更是公民的美德。"

五、爱上对的人

根据柏拉图说的神话，如果马车（代表灵魂）被两匹马猛烈地拖拽，它的翅膀就会折断，灵魂会飞回大地，进入人的身体，并留有模糊的记忆。

按照柏拉图的说法，当一个人认识到所爱之人的美时，这种记忆可以被唤醒，因为爱人的美可以提醒他们在"上界"所见的美的理念："美的理念在'上界'闪耀着光芒。即使在大地上，我们也可以通过敏锐的视觉看到光彩夺目的美的理念。美获得了这种特权，它最清晰可见，也最可爱。"

闪耀在所爱之人脸上的美的理念让人向往幸福，也让人找回在坠入大地时失去的翅膀。柏拉图在《斐德罗篇》描述了坠入爱河的情景："爱不断地涌向恋人，穿过他，最终淹没他。通过眼睛，美

涌回被爱之人的身上，直抵灵魂，最终使失去的翅膀重生。"

柏拉图认为，爱意味着"总是想要和善在一起"，身体美只是通往绝对美的第一步："沿着这条道路，人将学会爱上灵魂的美而不是身体的美，爱上一个人美丽的灵魂，尽管他或她不具有身体上的吸引力。"

对于柏拉图而言，灵魂可以通过爱的力量得到进一步提升，转向艺术、公正和知识，最后到达最高的层次，也就是"绝对美"的理念（绝不是像现在的人向电影明星要求签名那样）。

因此，柏拉图认为美、善、爱和幸福是紧密相关的。由于对美的热爱，灵魂能克服有限世界的局限，达到绝对的美与善："这是人生中最值得活着的时刻。如果你得到这种体验，你会认为它远胜于黄金和其他任何东西。"

亲爱的索菲亚，在现代社会，浅层的浪漫关系和偶然的激情越来越普遍，这些大多数都只是身体上的吸引。

不幸的是，这是一系列非常重视身体的视觉文化的结果，漂亮的模特代表着几乎达不到的身体美的标准。

柏拉图教导我们，真正的爱超越身体美，主要是灵魂之间的吸引。这意味着与爱人一起生活需要不断进行理性的情感沟通，从而促进互相理解、尊重和信任，让双方在这段关系中可以随着时间的推移重新构建自己。

柏拉图还指出，两个人之间的爱首先涉及"敏锐的视觉"，然后"通过眼睛，触及灵魂"。换句话说，柏拉图认为在一段幸福而持久的关系中，爱不应该是盲目的。相反，在恋爱的初始阶段，要有良好的观察能力，以便对所爱之人有全面的了解。

所以，如果想要一段浪漫关系从一开始就有一个坚实的基础，一定不要把爱慕之人过于理想化，因为这可能妨碍发现对方的缺点。假如后来与其深入交往时才发现这些缺点，情况将变得很糟糕。

在开始一段关系时，要真诚、勇敢地去了解对方，问问自己对方是否真的适合。此外，在考察对

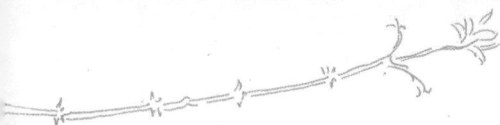

方优点的同时，还要考察对方的缺点，这一点很重要。仔细考察之后，如果爱情的感觉和对方的吸引力依然存在，那么你会对这段持久的幸福关系更有信心。

六、与你的灵魂伴侣分享幸福

正如我前面提到的，柏拉图最精彩的一篇对话录《会饮篇》侧重于爱情这一主题，它讲述了一群朋友之间的聚会（一场公元前 5 世纪的聚会），酒后他们开始讨论爱的本质问题。

剧作家阿里斯托芬也是其中之一，他讲述了关于雌雄同体的神话。根据这个神话所述，人类原本是一体两面的，四条腿，四条手臂，可以滚动，这与现在的人是非常不同的。这些雌雄同体的奇怪球形生物是非常强大且傲慢的，以至于他们开始蔑视奥林匹斯山的众神。愤怒的宙斯（最强的神）决定惩罚他们——把他们的身体分成两半，因此现在的人只有一个头，两条腿和两条手臂（所以变弱了）。

据阿里斯托芬说，爱的感觉正是由于这种惩罚而诞生的。从此以后，由宙斯分开的每一方都拥有与另一方重新结合的强烈愿望：

"自古以来，彼此相爱的愿望都是天生的，因为我们希望重现古代自然的统一，使分开的两者重新结合。如果这个原始状态是最完美的，那么很容易理解，在目前的情况下，对我们来说最好的办法是尽量接近这个原始状态。要做到这一点，我们必须找到与自己最相似的灵魂，并爱上那个灵魂。"

根据这个神话所述，两个人之间的爱绝不是偶然的，虽然看起来如此。坠入爱河的人在爱人身上发现了自己。每个人都承认对方是他们唯一想要分享秘密的人，这是因为双方结合之后可以互相完善，爱的支撑让两个人变得更幸福。

亲爱的索菲亚，我希望你长大后，能够拥有一段安稳、长久的浪漫关系，双方互相忠诚、互相尊重，以幸福为共同目标，建立一个新的家庭。随着岁月的流逝，你会发现过了蜜月期，爱情需要日常生活中的承诺来维持双方的情感，也会因为性格和生活的变化而受到磨损，这种情况一定要防止。

其实，最重要的是，任何一方都要为了对方的幸福尽一份力，向对方传递他或她希望接受的爱意。

为了理解在一段浪漫关系中是否存在平等的交流（你的伴侣对他得到的爱和关注感到满意），最好的方式是双方始终保持真诚、有效的沟通，这使得双方关系一旦出现问题，你们能够一起解决。

七、保持质疑

我们知道，对于柏拉图来说，"上界"中的理念是绝对的真理、绝对的真实，并且永恒不变。相反，在日常生活中，我们发现可感世界是瞬息万变的，从不同的角度观察可以得到不同的结论。因此，根据柏拉图的说法，我们只能认为可感世界是简单、低级的。

想象一下，你和柏拉图一起在你祖父的花园里散步。你或许会兴奋地说："看，柏拉图，一朵美丽的玫瑰花！它看起来太完美了！"

柏拉图可能会回答：

"亲爱的索菲亚，我同意你的观点。但这不是绝对真理，只是你个人的观点。事实上，别人可能认为这朵玫瑰没那么好看，而且我们一周之后再来的话，你可能会改变你的观点，因为这朵玫瑰或许已经枯萎了。这朵花只是完美、永恒之花的理念的摹本，它是理念世界的一部分。在我看来，理念是绝对真理，哲学家只有通过理性研究才能掌握。"

为了更好地理解真理与"意见"的不同（认识通往绝对真理的知识之路是多么困难），柏拉图在《理想国》中用了洞穴的比喻，我将简短地介绍一下。

根据柏拉图的讲述，一些奴隶（满足于表象事物）被锁链绑在一起，困在黑暗的洞穴里。他们的眼睛只能看向墙壁，从来没有机会看到身后发生的事情。

对于这些人来说，洞穴外的世界肯定不是真实的。只有投射在墙上的影子是真实的。但是有一天，一个奴隶设法逃出了洞穴。当他第一次看到洞穴外的世界时，阳光让他感到眩晕，甚至有些疼痛。他逐渐适应了洞穴外的阳光，看到了事物真实的形状、

动物和人。

在这个故事中，洞穴代表着我们所生活的现实世界，影子代表着基于感官而形成的"意见"，只有哲学家知道洞穴外的世界是永恒不变的"理念世界"。他们踏上探索真理之路，依靠理性和智慧，掌握了真正的知识。

这个故事有一个悲伤的结尾。逃出去的奴隶因同情那些仍被监禁的朋友，决定回到洞穴解救他们。

亲爱的索菲亚，想象一下，这个回到洞穴的人冲着朋友大喊："朋友们，我回来是为了把你们带出这个该死的洞穴！你们肯定无法想象外面的世界有什么：大海、太阳、美丽的风景和活生生的人。"不幸的是，他（习惯了阳光）的眼睛在黑暗中区分不出身体和影子，其他奴隶取笑他，把视力受到损害的他当作一个可怜的傻瓜。

带着锁链的奴隶坚信他们所处的洞穴比逃到洞穴外的人看到的世界更真实，他们要杀死那位前来解救他们、带他们到外面享受阳光（象征善的理念）的人。

这个可悲的结局很明显与柏拉图的老师苏格拉底遭受审判有关，他因为劝导雅典公民摆脱表象、质疑一切、寻求真理和善而被判处死刑。

所以，按照柏拉图的说法，普通人（拥有偏见和意见的囚犯）很少能够接受哲学家的教导（即认识"理念世界"和绝对的善），因为这等同于让他们承认自己的缺陷。

我一直对这个洞穴比喻很着迷，从中总结了以下教训：我们每一个人都生活在特定的社会文化背景中，这在我们的意识中产生了难以摆脱的偏见。如果我们想摆脱这些偏见，就需要离开熟悉的环境，去探索不一样的世界。

通过这个故事，柏拉图告诉我们要去质疑我们坚信的东西，摆脱僵化的思维模式。因此，亲爱的索菲亚，重要的是你能够与来自不同文化背景的人交流，不断开阔自己的眼界，获得从其他角度观察世界（和关于世界的问题）的能力。难怪演员保罗·波利这样说："思想就像一把伞，它必须在打开的时候才有用。"

八、根据正义的原则做事

在一篇对话录中，为了强调人不可能生活在无正义的集体中，柏拉图通过哲学家普罗泰戈拉之口，讲述了关于普罗米修斯和宙斯的神话。

故事发生在人类诞生之后。尽管普罗米修斯给人类带去了火种和劳作技术，但人类仍然能感受到威胁，因为他们很弱小，彼此之间又相隔很远。为了帮助他们，宙斯决定赐予他们正义和尊重。实际上，这正是人类为了共同生存、建立城市、抵御外敌所需要的价值观。

当宙斯的儿子、诸神的信使赫尔墨斯被安排将这些礼物交给人类时，赫尔墨斯问他的父亲应该以什么方式给他们："我应该像之前把技术交给人类那样，把这些东西交给选定的人吗？你知道只要一个人了解了技术，比如说医疗技术，那么这项技术就会满足许多人的需求，即使不了解这项技术的人也会从中受益。对于交给人类的其他技术，情况也是这样。我是跟以前一样把正义和尊重交给某个人，还是把它们平均分给所有的人？"

宙斯回答说，与技术不同，这些礼物将分配给所有人，因为只有让每个人都得到正义，互相尊重，才有可能建立强大的有凝聚力的团体。

对于柏拉图来说，为了创造安稳的生活条件，首先要依据正义做事：个人可以得到内心的安稳；集体中的每个人都能和睦相处。根据柏拉图的思想，一个人的幸福直接关系到国家内部人与人之间的和睦相处、尊重和正义。

柏拉图坚信，只有正义的人才能幸福，因为"最坏的恶习是一个人做了非正义的事情"。柏拉图说，如果他被迫在承受非正义带来的痛苦和做非正义的事情之间做出选择，他会毫不犹豫地选择前者。这是因为做非正义事情的人最终会被罪恶感压垮，并注定要遭受痛苦，这种痛苦至少会持续到他因为自己的行为受到惩罚。

按照柏拉图的说法，如果拥有智慧和正义，我们就能达到由灵魂的幸福感决定的平衡状态。

事实上，一方面，智慧可以帮助我们意识到自己的局限，告诉我们不该去克服它们（比如，因为

喜欢冒险而将自己置于危险之中是不明智的）；另一方面，正义感使我们意识到自由的边界，以确保他人的权利得到尊重。例如，一个没有正义感的小偷根本不会为公民社会的规则感到烦恼，他不仅会扰乱社会，还会面临社会的谴责，从而妨碍他拥有幸福的生活。

另外，根据柏拉图的观点，有关幸福的问题不能只在私人生活的框架内解决，还需要政治的介入。如果说一个团体的和谐取决于每个人的社会正义感，那么确保恰当的司法裁决，建立保证人与人和平相处的制度也非常重要。

亲爱的索菲亚，请记住幸福与正义之间的关系。有正义感是与自己和谐相处的基础，也是建立良好社会关系的基础，因为这意味着相互尊重，承认别人的权利，这是自由的边界。此外，如果你要为建立一个更公正的社会尽一份力，这将有助于你所处的社会的文明进步，从而创造更幸福的生活。

生活在一个以正义和团结为基础的社会，不仅容易获得幸福，还对个人健康有好处。两位美国研究人员斯图尔特·沃尔夫和约翰·布鲁恩在1969年发表了对宾夕法尼亚州小镇罗塞托的研究成果,这个小镇住着意大利移民的后裔,他们都来自意大利普利亚地区的一个小镇。

两位研究人员对负责罗塞托小镇居民健康的医生的故事很感兴趣。这位医生在与研究人员深入交流之后说,实际上他已经休假很多年了,因为罗塞托的居民身体都很健康。这里的居民几乎不需要医生,在这座小镇也几乎看不到葬礼。

在罗塞托,研究人员还有其他的惊人发现(除了这里的居民寿命远比全国平均寿命要长):这里不存在酗酒、吸毒成瘾和自杀。

沃尔夫和布鲁恩分析了这座小镇居民的相关数据,之后得出结论:罗塞托居民健康的秘密与遗传特征、营养和环境因素都没有关系,而是这里的居民基于正义和团结的原则,创造了一个具有平等主义特征的理想共同体,这确保了他们异乎寻常的健康状况和生活质量。

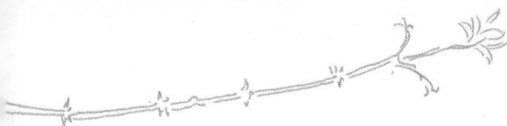

九、诚实做事

柏拉图在另外一篇对话录《理想国》中提出了另一个重要的伦理问题，即苏格拉底的兄弟格劳孔讲述的盖吉斯的故事。

盖吉斯是吕底亚（小亚细亚地区）的一个牧羊人。有一天，他在放牧的时候看到了一个由地震产生的巨大地缝。他很好奇，就走了进去，看见了一具士兵的尸体，那个士兵戴着一枚金戒指，金戒指里面镶着青铜色的马。从士兵那里偷走戒指后，盖吉斯发现这枚宝贵的戒指有魔力，因为戴着它的人可以隐身。他决定利用这个机会做一些非正义的事，在此之前因为害怕受到惩罚，他从来没想过这么做。于是，盖吉斯戴着戒指进入皇家城堡，并设法勾引皇后。之后，他杀掉吕底亚国王，抢占了王位，获得了权力和财富。

格劳孔想要说服苏格拉底，即使一个诚实的人，如果他知道自己做了坏事也不会受到惩罚，那么他最终会以一种残忍的非正义的方式做事："如果有两枚这样的戒指，一枚送给正义的人，一枚送给非正义的人，那么这两个人都会禁不住用它做坏事的诱惑。没有人认为正义本身会给人带来好处，这是决定性的前提。没有人是自觉变得正义的，那只是一种压力使然。如果他们知道自己不会受到惩罚，就会做出坏事。在他们看来，非正义会给他们带来更多好处。"

为了反驳格劳孔的观点，柏拉图（以苏格拉底的口吻）说，人类是社会性的动物，自然而然地生活在一起，并建立每个人在其中都可以活得更好的团体。因此，个体自然会倾向于公正地对待他人。在做了坏事后，没有人能幸福地生活，因为他始终会有强烈的内疚感。

柏拉图认为建立基于正义的理想社会，使身在其中的每个人都满足于自己的生活，便没有人想要盖吉斯的戒指，因为没有人对破坏公共生活的行为（还有个人幸福）感兴趣。

关于盖吉斯的故事现在依然存在，尤其是在互联网上，制造虚假身份，实施不正当的或违法的匿名行为要容易得多。

实际上，在20世纪90年代，两位英国心理学家马丁·利亚和罗素·斯皮尔斯根据格劳孔讲述的这个故事，命名了"盖吉斯效应"：在互联网时代，由于可以匿名，许多用户在线交流时更有侵犯性，更加粗俗。

亲爱的索菲亚，如果有人要给你一枚类似盖吉斯的戒指，你应该告诉他你根本不需要。即使这枚戒指能让你隐身，但它肯定无法泯灭你的道德良知；即使做了违反道德原则的行为不会受到惩罚，但这种行为会让你心中充满内疚和不安，因为你的道德良知是你人格中最重要的部分。

十、生活要有节制

柏拉图认为，只有智慧、正义、正直的人才会幸福："最幸福的人心中没有邪念。"

柏拉图在苏格拉底与卡里克利斯（一个年轻的雅典贵族）的对话中阐明了这一原则。这位贵族支持建立这样一个国家——那里没有法律的限制，弱肉强食。

卡里克利斯认为，幸福并不来自依据美德而生活，而是源于得到满足。为此，我们不应该压抑自己的本能，相反要满足它们，因为幸福来源于欲望得到充分满足。

按照这位年轻贵族的说法，一个强者应该为享乐主义的生活方式自豪，因为那些指责他骄奢淫逸的人实际上是在嫉妒他，这些人看似清醒，实际上软弱，因为他们没有别的选择。卡里克利斯认为，压抑人的欲望就好像把人变成石头一样，因此他蔑视像苏格拉底这样的人，因为苏格拉底认为身体的欲望需要"节制"。

亲爱的索菲亚，你仔细想想，卡里克利斯的看法与格劳孔讲述的盖吉斯的故事有共同之处：他们都认为依据美德做事是虚伪的表现，根据自己的利益采取行动才是对的。

在回答卡里克利斯时，柏拉图（以苏格拉底的口吻）把智者（能控制身体欲望的人）的灵魂比作一个装满了液体（比如牛奶和酒）的花瓶，它能够

长时间保存这些液体。骄奢淫逸的人（不断寻找新的更强烈的感官刺激）的灵魂与之相反，他们像是有裂缝的花瓶，装满的液体都漏光了，因此他们要不断地重新装满花瓶。

事实上，柏拉图说的是，那些致力于满足身体快乐的人最终会上瘾，因为他们的欲望永无止境。骄奢淫逸的人会花更多精力去追求更强烈的感官刺激，永远不会感到满足，因此，他将一直处于不幸福的状态之中。

柏拉图不反对身体的快乐。相反，他认为这种快乐有益于幸福，只要这些快乐适度。例如，智者知道如何享受与朋友啜饮一杯好酒的乐趣，但不会喝醉，因为他知道酗酒不仅会对健康造成危害，也会破坏个人形象和社会关系。

柏拉图认为一个人不能只关注身体快乐（事实上，这也就是说人如果完全被本能控制，那么跟动物将没什么区别）。但如果完全专注于善和真理，那是只有神灵才能做到的事，而不是人类。

柏拉图认为，为了获得幸福，拥有节制这种美德是很重要的，这是满足欲望的适当形式。当理性主导了绝大多数本能时，这种自我约束就实现了。

根据柏拉图的说法，我们的欲望是从已有的有关愉悦体验的回忆中发展而来的，我们想再体验一次。因此，与身体有关的欲望根植于我们的灵魂中，正因为如此，我们可以用理性控制它们。

亲爱的索菲亚，我认为现代人应该重新发现节制的价值，不仅是出于道德的原因，也是为了那些经历经济困难、需要更健康的生活方式的人能有更多信心。

不幸的是，我们生活在一个奉行消费主义的社会。在这个社会中，我们被迫去追求不必要的快乐，被广告诱导购买无用的产品，欲望不断地受到刺激。

如果你能节制自己以解决这些问题，那么你将更清楚地分辨出哪些追求能给你带来快乐，从而拒绝只流行一时的无用的东西。为了幸福，拥有内在力量也是很重要的，它可以帮你抑制想要拥有更多东西的冲动，而不是因为规则或命令被迫去做。

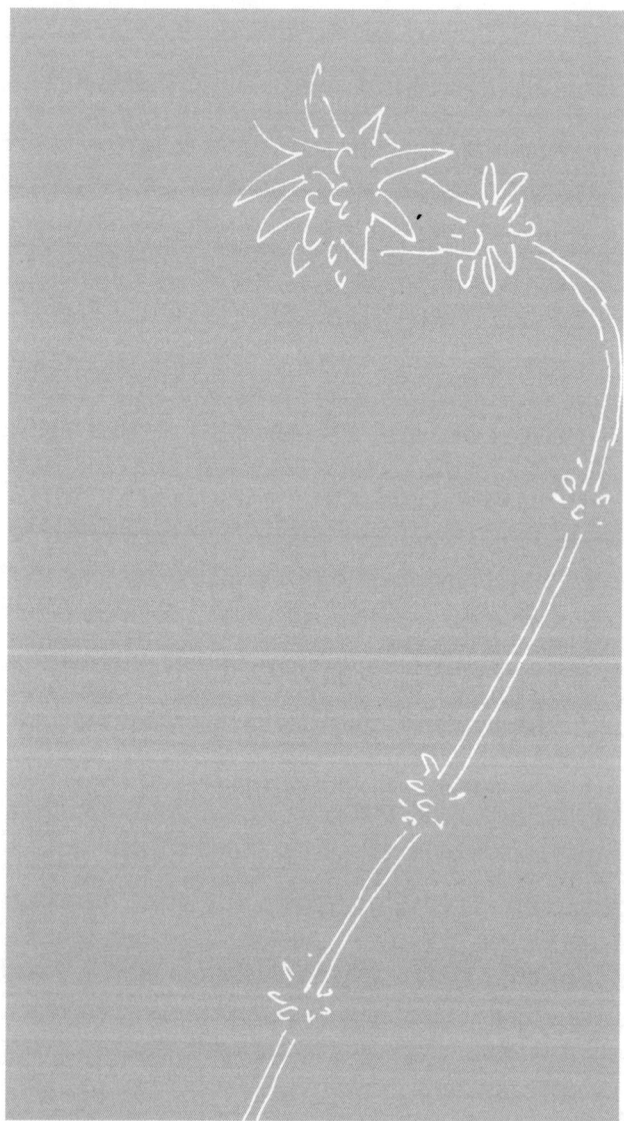

第三章 · 亚里士多德的幸福观

一、亚里士多德的生平

亲爱的索菲亚，亚里士多德是柏拉图最有名的学生，他被认为是西方思想史上最有影响力的哲学家之一，他多样性的研究为许多学科奠定了基础。

亚里士多德对一切事物都怀有强烈的好奇心，如果他活在今天，可能会成为一名优秀的电视节目主持人，和不同领域的专家坐在一起，面对面讨论不同话题。亚里士多德天生的辩证思维能力是其智慧的基础，他会撕下那些骄傲自负的假专家的面具。

公元前 384 年，亚里士多德生于斯塔吉拉城的一个富裕家庭，这个城市与希腊北部的马其顿王国

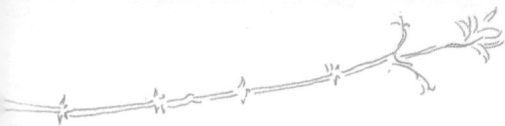

相邻。亚里士多德的父亲是马其顿国王的御医。大约在公元前 4 世纪中叶，马其顿国王腓力二世（于公元前 359 年开始执政）发动了军事扩张。

亚里士多德很小的时候就成了孤儿，他被带到小亚细亚地区的小镇密细亚居住。大约在公元前 367 年，亚里士多德被送到雅典柏拉图学园学习，一直到公元前 347 年柏拉图去世。

在柏拉图死后，亚里士多德与接管学园的哲学家有一些意见分歧，于是他离开了学园。公元前 347 年，他回到了小亚细亚地区，居住在阿索斯，像他的老师柏拉图一样在居住地创立了一座学园。公元前 345 年，他搬到了米利特内，继续进修生物学和动物学。

公元前 343 年，马其顿国王腓力二世邀请亚里士多德担任王子亚历山大的老师，这位王子亚历山大注定要成为一个赫赫有名的帝王。亚里士多德承担起这项工作，一直到亚历山大在公元前 336 年继承王位。

这位年轻的国王在很短的时间内就获得了巨大

的政治和军事威望，获得"亚历山大大帝"的美称。在短短的12年内，他缔造了一个地域辽阔的帝国，征服了希腊、波斯、埃及和小亚细亚等中亚地区。据说亚里士多德让亚历山大把征途路上有特点的动植物带回来，以便他做研究。

公元前335年，亚里士多德带着他忠实的学生泰奥弗拉斯托斯回到了雅典。因为教导过亚历山大大帝，亚里士多德获得了极高的声望，并且创立了"吕克昂学园"（这所学园因靠近阿波罗·吕刻俄斯神庙而得名）。这所学园还有一个名字为"逍遥派"（peripato），"逍遥派"在希腊语中的意思是"散步"。因为亚里士多德经常一边散步，一边与学生们讨论哲学问题。

这所学园的名气很大。早上，学园专为学生开设深奥的课程（内篇）；下午，学园向所有前来讨论共同话题的人开放课程（外篇），比如政治学或修辞学。

公元前323年，亚历山大33岁，却暴病而死，雅典的局势变得糟糕起来。因与马其顿宫廷的关系

很近，亚里士多德担心日益强大的反对马其顿的政治力量报复自己，他便离开了雅典，和家人一起移居到位于希腊中部的哈尔基斯，并于次年病死。

亚里士多德著作颇丰，但我们只能读到他生前的课堂讲稿。关于幸福这一部分，我们可以阅读《尼各马可伦理学》。这本书是亚里士多德写给儿子尼各马可的，被认为是西方思想史上第一部有关伦理学的论著。

二、理智地选择人生目标

亚里士多德认为，人类的每一项活动都是为了实现一个目的，所有这些目的都有助于实现一个更重要的目的——幸福。幸福是人类的终极目的。

想想那些每天努力在教育、体育、商业和其他领域取得成就的人。认真学习的人希望考取良好的成绩，获得进入名牌大学的机会；不断接受训练的运动员希望赢得比赛，有资格参加更专业的比赛；一位负责任的员工想要赢得雇主的尊重，获得理所应当的职业晋升。

想一想，这些成就背后总有一个更进一步的终极目的：获得幸福。按照亚里士多德的说法，幸福不是为了达到其他任何目的，而是以自身为目的。因此，这个目的是完美的。亚里士多德把幸福定义为"最高的善"。他在《尼各马可伦理学》中写道：

"很显然，人生的目的有很多，既然我们可以自由选择，也就说明并不是所有目的都是完美的。但是，最高的善就是完美。它以自身为目的，同时又是其他一切目的的目的。通常情况下，人们认为幸福就是有这样的特点，我们总是选择幸福作为目的而不选择其他目的。相反，我们追求荣誉、快乐、智慧和其他美德，并不是将它们当作终极目的，而是通过它们获得幸福。没有人会因为实现了幸福，还要去达到别的目的。"

基于亚里士多德的教导，我们可以说生活中存在着某种高层次的目的。我们绝不能把中间目的与终极目的（最高的善）混为一谈。一个人由于种种原因忽略终极目的，把所有的精力用于中间目的

上，就是忘记了他的最终目的是让自己和亲人获得幸福。

举个例子，一个因为全心工作而忽略家庭的人，为实现职业理想、追求更高的薪酬而奋斗。然后，由于工作占据过多的时间，他并没有意识到生活质量会因为缺乏对家人的关心而有所下降。这种情况下可能出现一些问题（例如与家人发生冲突），这些问题会使他的幸福受到损害，让他的工作一文不值。为了防止这种情况的发生，重要的是在生活的不同领域中找到一个平衡点，把时间和精力科学分配到工作、家庭、学习和社交上面。

亲爱的索菲亚，不幸的是人们经常把错误的目的放在首位。他们甚至愿意为了完成错误的目的，承受本不必要的痛苦。例如，那些梦想从事模特事业的女孩，养成节食的习惯，最终发展出厌食症等疾病。这样的做法就是把中间目的（在时尚界工作）当成终极目的了。

根据亚里士多德的观点，我们应该在寻求幸福的过程中找到适当的平衡，正确地选择目标。为此，我们必须以理性为指导，做出符合实际的选择，而不被非理性的冲动和欲望所左右。亚里士多德认为："每个人都知道冲动引发的行为是非理性的，有一个不切实际的目的也是非理性的。所以，如果一个人追求不可能实现的目的，他将被视为傻瓜。我们或许会有这样的追求（例如对永生的渴望），但通常也应该考虑可以达到的目的，并做出理性的决定。"

因此，我们不应该选择非常困难甚至不可能实现的目的（有可能失败或失望），而应该客观地评估现实，聚焦于我们所能达到的目的，然后在实现这些目的过程中，逐渐接近更加宏大的目的。

三、生活需要理性和美德

亲爱的索菲亚，很明显，根据亚里士多德的说法，所有的人类活动都是为了直接或间接地达到最高的善，也就是幸福。在这一点上，了解什么是幸福，哪些行为能够达到这一点变得很重要。

在这方面，亚里士多德认为，幸福与满足身体的快乐相一致这种说法是错误的。他说，一个只是满足身体快乐的人与禽兽无异，他不配拥有自然给予人类的智慧。

这并不是说人应该完全抛开身体的快乐。事实上，亚里士多德认为身体的快乐有助于幸福生活。然而，重要的是，这种快乐不应该被视为最高的善（人的终极目的）。相反，这种快乐应该适度节制，由理性来控制。

亚里士多德还认为，最高的善不包含古希腊人眼中极为重要的荣誉，因为荣誉依赖于别人的判断。假如生活的价值要由别人来评判，那么我们自身的幸福也可能由别人来评判（这是完全不可取的）。

此外，我们应该认识到人们的评判并不总是正确的。事实上，会出现一个不应该得到荣誉的人被授予了荣誉，而一个善良的人（如苏格拉底）被错误地审判。

最后，根据亚里士多德的观点来看，幸福不是由财富组成的，因为金钱只是一种工具（一种获得其他物品的工具）。因此，它不能被视为人的最高目的（即终极目的）。

然而，亚里士多德并不完全谴责追求荣誉和财富（以及身体的快乐）的行为，因为这些能促进生活幸福，只是人不应该把所有精力放在物质层面上。

亚里士多德说："为了避免因为匮乏而受到阻碍，幸福的人也需要物质。那些相信善良的人即使遭受酷刑或不幸也会幸福的论调，都是无稽之谈。"

对于亚里士多德来说，除非用智慧认识到自己的本性，否则人们无法获得真正的幸福。另外，根据"中道"（译者注，指适度）的原则，理性可以引导激情和欲望，达到两个极端（过度和不足）之间的理想平衡：这是拥有美德、获得幸福的途径。

亚里士多德的说法跟中国哲学家孔子的说法类同。孔子的大意是说，为了幸福，没有必要拥有财富或者荣誉，依据"仁"的原则去生活才是更重要的。（《论语·里仁》中有"富与贵是人之所欲也，不以其道得之，不处也；贫与贱是人之所恶也，不以其道得之，不去也。君子去仁，恶乎成名？君子

无终食之间违仁，造次必于是，颠沛必于是。"）

有趣的是，尽管处于不同的社会文化背景下，这两位哲学家留下了一个共同的教诲：只要我们依据正义的原则行事，依据理性做出选择，控制欲望，我们就可以幸福地生活。

四、发展自己的才能

亚里士多德虽然对老师柏拉图很钦佩，但毫不犹豫地表达了对柏拉图理论的质疑（柏拉图认为学生的批判是合理的）。亚里士多德有句名言，从拉丁文翻译过来是："吾爱吾师，吾更爱真理。"

亲爱的索菲亚，梵蒂冈博物馆有一幅非常有名的画，生动地刻画了这两位伟大的哲学家。这幅知名的壁画是《雅典学院》，由拉斐尔·桑西（意大利文艺复兴时期最重要的艺术家之一）所画。

在这幅画中，两位哲学家站在中心位置：年长的柏拉图食指指向"真理之地"——那个绝对完美的理念世界，而年轻的亚里士多德的手掌对着地面。

亚里士多德似乎在说："亲爱的老师，我们不应该只往天上看，那太远了，而应该把注意力集中在地上以及与人有关的事情上。"

此外，在这幅画中，拉斐尔给苏格拉底也留了一席之地，苏格拉底身穿绿色长袍，准备跟画中的人物交谈。画家想提醒我们，对于苏格拉底来说，对话是寻求真理的方法。

我们再回到柏拉图和亚里士多德之间的哲学分歧上。你还记得理念论吗？柏拉图认为，我们周围随时变化的可感世界只是永恒的理念世界的一个摹本。柏拉图认为，只有通过掌握理念才可以获得真正的知识，仅关注可感世界只会产生一个不完整的"意见"和浮于表面的认识。

亚里士多德批判了这种学说，在他看来理念是想象力产生的假象。他认为我们的眼睛看到的世界就是真实的（因此，这个世界不是理念世界的摹本）。所以，对于亚里士多德来说，为了提高我们对真实生活的认识，只需要借助感官和理性来观察和研究我们周围的世界就行了。

亚里士多德的经验主义观点也表现在他的幸福观里。柏拉图的观点是精英主义的，因为在他看来，幸福只有少数以理性维度理解、掌握理念世界的人才能拥有。柏拉图说："只有真正的哲学家才能获得真正的知识，才能获得真正的幸福。"你看，索菲亚，我们离柏拉图的幸福观很远，那是一种通过抽象思考而获得的具有超越性的概念。

相对而言，我更赞同亚里士多德颇为民主的说法。他认为，从事任何活动的人，只要尽心尽力地发挥自己的潜能和才智，都能够获得卓越的成就。

按照亚里士多德的说法，只要行为是以理性为指导的，每个人都可以获得幸福。我们应该以谨慎和耐心的态度去实践美德，并发展我们的才能。从亚里士多德的教导中，我们知道，认识我们在哪些活动中拥有特殊的天赋和才能至关重要。每个人都有自己的才能，如果能通过日常练习来提高，使得自己更加完美，那么你会感到满意，因为你知道你已经尽力了。

伟大的南非领导人纳尔逊·曼德拉认为："我

们最大的恐惧不是自身的不足，而是我们拥有无法衡量的强大力量。这是我们的光芒，而不是吓倒我们的最黑暗的东西。"他的意思是人们往往害怕发挥自己的潜能，因为他们可能还没有准备好接受新的变化。

我希望，我的小索菲亚，你永远都可以勇敢地做出选择，抓住每一个机会，提高你的能力，接受你面临的挑战，承担起相应的责任。

请记住，真正的失败者并不是那些不能实现目标的人，而是那些对自己的能力没有信心的人，因为他们不想走出舒适区，还没有开始就已经放弃。

五、要有自信

正如我跟你讲过的，很明显，对于亚里士多德来说，获得幸福需要勇敢地去发挥我们的潜能。在这方面，亚里士多德用一个有趣的比喻解释了他的理论：如果一个长笛演奏家尽可能发挥他的才能去演奏，他会很幸福。如果在行为上和思维上把理性

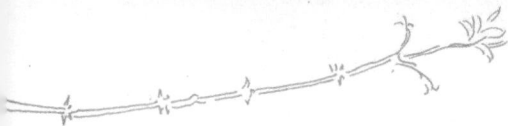

运用到最高水平，人们也会幸福，因为他们发挥了人类独有的思想潜能。

如果有一天你和亚里士多德见面，讨论这个问题，我想他会说："亲爱的索菲亚，你的天赋就像一粒种子。如果仔细栽培，它将长成一棵美丽的植物。不要错过任何发展才能的机会，因为只有培养它们，充分利用它们，你才会真正幸福。"

为了解释人们所生活的瞬息万变的世界，亚里士多德运用了"潜能"和"实现"这两个概念。他认为任何事物都有"潜能"成为别的东西。例如，如果一块大理石在雕刻家的手中可以变成一座雕像，那么这块大理石本身就有成为一座雕像的"潜能"（而海水绝不会变成雕像）。同样，一粒种子是一棵植物的"潜能"，一名学医的学生是一名外科医生的"潜能"。

当"潜能"得到充分发挥，我们可以说潜能得到"实现"了。例如，与没有特定形状的大理石相比，雕刻家做的雕塑得到了"实现"；与一粒种子相比，一棵植物得到了"实现"；与学医的学生相比，一位外科医生得到了"实现"。当然，"潜能"并不一定会得到"实现"。如果学医的学生没有足够的知识，他不会拿到医学文凭，也不会成为外科医生，也就失去了得到"实现"的机会。

通常，从"潜能"到"实现"的过程需要自信和智慧。即使面对新的挑战，没有足够充分的准备，我们也不应该因为担心失败或者担心处理不好新情况而不去尝试。实际上，按照亚里士多德的说法，只有通过实践，我们才可能发展、提高美德和才能：

"大自然给了我们一切。首先'潜能'是我们的一部分，是我们将来得到"实现"的基础。我们必须通过训练来学习，以得到'实现'。例如，要成为一名优秀的建筑师，你必须练习建造建筑物；要成为一名优秀的音乐家，你必须练习弹奏。同样，我们通过实践获得美德：通过做正确的事情，我们变得公正；通过放弃身体上的快乐，我们变得节制；通过勇敢行事，我们变得勇敢。"

亲爱的索菲亚，和所有人一样，你拥有很多潜能，它们正等待着你的发掘。作为你的爸爸，我希

望能和你的妈妈、老师一起帮助你发现、培养潜能。但是，你必须意识到，正如亚里士多德所说的，只有通过自己的努力，你才能让自己的"潜能"得到"实现"。

如果你读过那些已经取得重要成就的人物传记，你会注意到他们的成功在大多数情况下不仅取决于他们的天赋，还取决于他们积极开发这些天赋的热情和毅力。他们愿意尝试困难的事情，达到既定的目标。

比如，意大利歌剧作曲家朱塞佩·威尔第因为在钢琴演奏时没有使用正确的指法，没能被米兰音乐学院录取。然而，他对音乐的热爱和对能力的自信让他坚持自然艺术的倾向，最终成为历史上最重要的作曲家之一。

不幸的是，人们并不总是有足够的自信来发觉自身的潜能。通常情况下，人与人之间的差异不是有没有才能。真正的区别在于：一些人有勇气，并且渴望探索自己的潜能；一些人害怕发现自己的潜能，从而阻碍了他们创造新的生活空间。

被恐惧支配的人经常被动地生活，遵循着别人规定的生活方式。

简而言之，我们需要勇气、毅力和自信，以便更好地展现、提高才能，让生活更有趣、更有价值。苹果公司创始人史蒂夫·乔布斯 2005 年 6 月在斯坦福大学向毕业生致辞时说过一句话："你的时间是有限的，所以不要人云亦云。不要被教条所束缚，那是其他人的思考成果。不要让别人的意见形成的噪音淹没你自己内心的声音。最重要的是，要有勇气追随你的内心和直觉：它们知道你真正想要成为什么样的人。其他的东西都是次要的。保持渴望求知的心态，傻一点儿没什么不好。"

亲爱的索菲亚，在你的生活中，试着把精力放在你喜欢的事情上，即使这意味着你可能要冒一点儿小小的风险或者做出不太符合要求的选择，因为简单地遵循别人给出的建议（特别是大众媒体）往往会让你产生很强的挫折感。你应该努力培养自己的爱好，开启属于自己的旅程，这样你才会幸福，才能与你的亲人分享幸福。

六、提升智慧

亚里士多德说，为了幸福，我们必须按照美德行事。通过不断完善自己的行为习惯，达到美德和理性的高度。他说："只有通过实践，我们才能获得美德。"

亚里士多德特别区分了两种美德：理性美德（与理性和灵魂相关）和道德美德（与激情和情绪有关）。这些美德不是与生俱来的，而是在童年和青春期通过教育（首先是父母，然后是教师）获得的。之后，我们通过个人的努力来完善这些美德，并在整个生命过程中不断完善它们。

亚里士多德是第一个使用"一燕不成夏"这样表达的哲学家。他的意思是说，为了幸福，人们应该不断地完善自己的行为。幸福不是一劳永逸的，需要不懈努力才能实现。

根据亚里士多德的论述，与理性相关的主要是涉及创造新事物的艺术或技能，帮助我们掌握普遍原则的直觉，通过实验得出的科学知识，帮助我们评估最适合追求幸福生活的实践智慧，以及让哲学家获得至高无上的真理的理论智慧。

实践智慧是一种美德，即使它不具备哲学观念的理论智慧（即知识的最高形式），也可以让人做出最合适的选择，从而获得幸福。实际上，我们可以掌控自己的观察力，通过实践智慧控制自己的欲望、情绪和本能，这有助于养成良好的习惯，按照"中道"的原则做事。通过这种方式，我们可以避免亚里士多德所谓的恶习，即彼此相反的极端行为，一方以过度为特征，一方以不足为特征。例如，实践智慧帮助我们勇于面对困难，这样的勇敢代表了两种对立恶习（莽撞与怯懦）之间的"善"。

另一方面，理论智慧是哲学家通过专注研究最高真理获得的。从这个意义上说，理论智慧比实践智慧更重要。然而，理论智慧取决于实践智慧，实际上，具有实践智慧是获得理论智慧的先决条件。一个人必须充分意识到如何做事（实践智慧），才能获得理论智慧，从而获得最高幸福。

为了解释这个概念，亚里士多德把理论智慧比作人类的健康，把实践智慧比作药物。健康肯定比

药物更重要，但是健康依赖于药物，因为药物可以让我们的身体恢复健康。

亲爱的索菲亚，我们不能自欺欺人地说，成为一个智慧的人很容易。这是一条相当需要时间和精力的成长道路。我们的大脑需要不断地处理知识、经验和情绪。为了每天增进智慧，你需要好好反思一下发生在你身上的事情，向自己提问，思考真正重要的事情。另外，你需要考虑做什么事情是对的，如何与他人建立联系，如何处理逆境而不会有挫败感，最重要的是抓住日常生活的美。

意大利经济学家弗朗西斯科·萨瓦里欧·尼蒂的话很有用："真正的智慧需要你像一个悲观者（因为自然和人类往往是不公平的）那样去思考，同时你也要积极行动，这样那些为了追求善和爱的努力才不会白费。

七、生活需要勇气、耐心和宽容

亚里士多德说，灵魂有三个组成部分，每个部分有着不同的功能："植物灵魂"存在于每一个生命体中，有着基本的生存需求，比如吃饭、保持身体健康；人类和动物都存在"动物灵魂"，有欲望、激情和感觉；只有人类拥有"理性灵魂"，能以理性的方式做事。

亚里士多德认为，欲望和激情不能被压抑，而应该被我们的理性灵魂控制。从智慧那里获益的理性应该引导一个人在习惯和举止之间找到平衡。理性灵魂不能绝对主导欲望和激情，而应该尽力灵活把控，使其有所节制。

理性引导激情和欲望，从而产生了美德，理性灵魂和动物灵魂得以和谐共处，人就会幸福。亚里士多德说："幸福就是灵魂与美德相符。"

亚里士多德认为，道德美德是一种积极的行为习惯，指导人们按照"中道"（在两种极端之间找到完美的平衡）的原则做事，从而使人们能够正确地处理不同的事情。孩子们需要在老师和家长的教

育下学习这些良好的习惯，然后在整个青年期通过实践来完善这些习惯。那么，当他们长大成人时，每个人都能依据美德的原则去生活，去选择不同的生活方式。

当然，在青少年时期依据美德原则严格要求自己的人，面对不同情况时更容易做出正确的行动。例如，受过教育的人，即使不害怕被发现，也不会去尝试偷盗。

亚里士多德阐述了不同的美德，如果我们是善良的，我们就会让这些美德约束自己的行为。这些美德总是代表着"中道"，是在两种极端之间的良好平衡。亚里士多德阐述了"中道"的原则："大家知道，过度锻炼和缺乏锻炼对身体都是有害的。同样，过量或不足量的饮食也会导致健康问题。只有适当的运动和食物比例才能保持身体健康，这同样适用于其他美德。实际上，美德自然倾向于'中道'，因为它的目的是恰到好处。"

亚里士多德认为，每个人的"中道"不一定相同，因为每个人都有自己的倾向。亚里士多德用下面的例子来说明这一点：

"对普通人而言，10 磅的食物太多，2 磅的食物则太少，但这并不意味着健身教练会为每个人都点上一份 6 磅的食物。对奥运摔跤手来说，6 磅的食物太少，而同样的分量对于年轻的健身新手来说太多了。因此，避免过度和不足，要选择'中道'。中道不在事物之中，而要结合参与其中的每个人的特点。

"艺术家寻求'中道'，并按照'中道'的标准来评判他们的作品，从而做出好的艺术作品（我们经常说，好的艺术作品不增减任何东西，这意味着过度和不足都会破坏艺术作品的完美，是'中道'成就了完美）。美德比任何艺术都更精确，更美好，因为自然就是美德，所以美德必须具有'中道'的特点。"

亚里士多德以勇敢为例解释美德，它是怯懦和莽撞之间的"中道"。勇敢是在充分考虑所涉及的风险，并采取一切必要的预防措施之后，面对危险的能力。

所以，亲爱的索菲亚，如果你在困难的情况下能够对可能产生的所有风险和机会进行仔细评估，做出重要决定，那么你就是有智慧的人。你不可以"轻举妄动"，不必有不合理的担忧，因为这些行为可能会阻碍你的行动，让你错过重要的机会。我希望，当你成为一名大学生时，不会因为害怕失败而延期考试。请记住，在努力学习之后，最好平静地面对考试，并将其视为检验学习效果的好机会。

意大利一位非常勇敢的法官乔凡尼·法尔科内（被黑手党杀害）说过："重要的不是一味害怕，而是与恐惧共存且不被它影响。否则，便不再是勇敢，而是鲁莽。"

亚里士多德还解释了另一种重要的美德——耐心，它被定义为"能够平静地处理任何事情"。这种美德是顺从（被动接受所有东西）与易怒（没有正当理由会很快失控式的发怒）之间的平衡。

根据亚里士多德的说法，愤怒分为两种：易怒和愤恨（沉默了很长一段时间，等待一个合适的时刻释放他们的愤怒）。

我们经常看到有人在访谈节目中互相辱骂，高喊自己的主张，趾高气扬。在这种情况下，温和耐心的人被认为是软弱的、无趣的。但是，从我的角度来看，耐心（冷静地处理困难问题）是大智慧和内在力量的体现。耐心的人静静地说话，面对问题坚决而冷静，对待一般人很有礼貌，拒绝暴力和口头上的傲慢之词。

我希望你能成为一个有耐心的人，因为这种美德会帮助你更好地生活，和别人保持良好关系，与他们有效沟通。即使面对困难，耐心也会帮助你做出明智的反应。正如一句俗语所说："知道自己正确的人不会大喊大叫，而是面带微笑。"

亚里士多德提到的另一种值得我们关注的美德是慷慨，这是贪婪（对金钱的不恰当依恋）与浪费（倾向于挥霍一切）之间的平衡。按照亚里士多德的说法，每个人都应该成为慷慨的人，在正确的时间把钱捐给合适的人。

亲爱的索菲亚，最近一项由哈佛大学和哥伦比亚大学共同进行的研究表明：平均来看，慷慨的人

（对亲人或慈善机构慷慨）比其他人更幸福。除了这项科学证据，我相信为了别人的幸福而捐赠一些东西，你也会收获快乐。

与此相反，贪婪让人们生活得不幸福，因为他们花费了所有的精力积累财富，并且被这种自相矛盾的行为困扰着：他们是"财富带来权力"（买东西的能力）这一错觉的受害者，实际上，这种态度是完全没有用的。因为从本质上讲，吝啬鬼总是活得很惨，他们害怕自己变穷，一分钱也不愿意花。

八、与他人保持良好关系

按照亚里士多德的说法，为了真正的幸福，人必须和其他人一起生活。这不仅是人类天生的属性（人是一种社会性的动物，自然倾向于生活在一个团体之中），也是出于实际的原因（我们的很多需求，如饮食、穿衣和保持身体健康，都需要其他人的帮助）。

因此，亚里士多德认为平易近人是一种重要的美德。平易近人是一种品质，它能够让人们愉快交往，也能够让人们相互分享经验和想法。他说，这种美德是争执与谄媚之间的"中道"。

对于亚里士多德来说，为了具备这种美德，每个人都应该积极地与他人保持联系。这并不意味着出现不同意见时，不能表达自己的想法。相反，这意味着我们应该以一种平和的态度尊重别人。此外，采取合适的行为是很重要的。即使讲笑话，也不要讲庸俗的笑话或者冒犯别人。

今天，我们拥有很多工具（比以往更多），这些工具逐渐满足了我们对社会生活的需求。互联网和手机使我们与他人联系的机会成倍增加，地理上的距离根本不是问题，当然这也创造了我们从不孤独的美好幻觉。

不可否认，现代科技在很多方面改善了我们的生活，但我们不能把自己局限在这些新的沟通渠道上。仅在虚拟世界中发展关系并不具有在现实中培养友谊时的真实性和亲密感。出于这个原因，亲爱的索菲亚，我强烈建议你不要让社交网络占据你所

有的时间，否则它们会让你与现实世界越来越远。

亚里士多德在人际关系方面还阐述了另外两种基本的美德：诚实和正义。诚实（没有伪装）在现代社会中显得非常稀缺。有这样一个普遍的倾向：人们怕被评判或为了得到别人的喜爱，越来越重视外表，且常常掩盖自己的弱点，自我吹嘘。

我同意亚里士多德对那些喜欢戴着面具的人的看法："那些没有正当理由却夸耀自己根本不存在的优点的人一无是处。有些人夸夸其谈，是因为他们想获得荣誉，这样的人不该被过度指责。倒是那些为了得到金钱而吹牛的人应该被强烈谴责，因为他们的态度更恶劣。"

亲爱的索菲亚，承认我们的局限性并不容易，我的建议是真实地展示自己。否则，你的内心会一直不安，你会一直担心别人发现你不诚实而因此失去别人对你的尊重和信任。

人际关系中的另一种美德是正义，即始终尊重他人的尊严和权利。在亚里士多德看来，正义是最重要的美德，因为它能使公众和平共处，并保证法律面前人人平等："正义是最伟大的美德，无论是夜晚的星星还是早晨的星星都没有它美好。有了正义才可以理解其他美德。正义是完满的美德，因为它积极主动，因为它的实践主体是为了他人，而不是为了自己。"

按照正义的原则做事就是遵守法律，因为法律以共同的善和幸福为目标，平衡管理者与公民之间的关系。亚里士多德说："法律的目标是保护全体成员的共同利益。我们重视那些维护幸福的行为和组成政治社会的重要部分。之所以遵纪守法，是因为促进和维护法律的真正目标是全社会的幸福。一个人不尊重法律规定的平等对待，而试图得到本不该他得到的东西，这是不公正的。"

如果遭受不公正的待遇，我们会因为遭受羞辱或背叛而感到沮丧。但正是这种遭遇让我们理解了"己所不欲，勿施于人"的重要性。

正义不仅意味着遵守法律，还意味着要把别人当人，而不是工具。这意味着要确保别人的尊严不被践踏。关于这一点，伟大的作家伊塔洛·卡尔

维诺说："认识到自己是一个独立的个体可能很容易，但重要的是，认识到他人也是一个独立的个体。"

　　每个人都是社会关系中的一部分，现在比以往任何时候更是如此。因此，最好的方式就是公正地对待每一个人，不仅是出于道德方面的缘故，还因为这可以让你保持良好的社会关系。而且，诚实并依法行事可以避免一些法律问题。

九、建立坚实的友谊

　　亚里士多德非常重视友谊，他在《尼各马可伦理学》中分两个章节论述了这个问题。根据他的说法，每个人都需要培养友好的关系，通过分享自己的兴趣、经验和价值观来建立友谊关系。

　　亚里士多德说，没有人会选择没有友谊的生活。即使是世界上最富有的人，如果没有与朋友分享这些财富，他也会觉得自己一无是处。亚里士多德提到了真正的友谊带来的许多好处：它能帮助自己处理一些难题；对青年人的发展提供宝贵的支持；让人们老有所依。

亲爱的索菲亚，你不觉得这说得很对吗？我希望你能与别人建立坚实的友谊，分享彼此的兴趣和生活中的苦恼。

亚里士多德把友谊与仁慈区分开来，因为后者意味着不求回报。我们可能对陌生人怀有仁慈之心（例如，我们向慈善机构捐款）。相反，友谊需要互惠，它意味着感情的交换。

亚里士多德认为，仁慈可以成为友谊的开端，正如男人或者女人的容貌可能是一段恋爱关系的开端一样。但是，即使十分渴望友谊，真正的友谊也是需要时间和耐心来巩固的。

亚里士多德认为，最高的友谊是无私的。这是两个人自发萌生的情感，没有其他目的。与此同时，亚里士多德也承认友谊可能建立在互惠互利的基础之上。在这种情况下，友谊并不是真实的，因为每个人都想从这段关系中获得个人利益。所以，这种友谊持续不了很长时间是不足为奇的。

真正的友谊是在两个善良的个体之间产生的，

他们有着相似的美德。这样的友谊可以持续一生，并总能增强互信（这种友谊也容易抵抗外界的非议）。

然而，即使是最高尚的友谊也不一定是完全无私的，亚里士多德说："当我们喜欢某个朋友时，其实喜欢的是我们自己；事实上，一个人之所以成为我们的朋友，恰恰是因为他能给我们带来好处。"这是说，即使是基于美德的友谊，最终也是由爱激发的，因为这意味着友谊会带来一些好处，即使这些好处不一定是实质性的。

今天，友谊这个概念是相当模糊的，它往往指的是迅速发展的浅层关系，并不是由真正的或者深厚的纽带连接的。友谊确实非常重要，随着时间的推移，人们相互尊重、相互理解，真诚、慷慨地对待对方。

亲爱的索菲亚，我想指出友谊的另一面：保持良好的人际关系。这其中，重要的是防患于未然，避免尴尬的事情发生。这意味着你不应该以朋友的名义收取某些东西。这种行为必须是自发的，是双方自愿的。另一方面，如果发现朋友有麻烦，你不应该去问是否可以为他做些什么，而应该去思考如何帮助他，然后采取相应的行动，这样更合适一些。

为了巩固友谊，我们要求同存异。为了保护友谊，我们必须愿意了解朋友，共同努力去克服可能出现的困难。

亚里士多德说，由于友谊涉及承诺，真正的友谊只能在少数人中间产生，"一个人成为很多人的好朋友看起来不大可能。爱，实际上是一种极端的友谊，它是一对一的。所以，伟大的友谊只存在于几个人之间。如果一个人是很多人的好朋友，也就是说他根本没有朋友，他只是在奉承所有人"。

如果你能通过分享自己的价值观（如正义和团结）建立真正的友谊，你的生活一定会更加幸福。事实上，正如亚里士多德所说，如果我们有一个好朋友，我们就更有动力诚实做事，因为我们可以在朋友身上确认我们行为的正当性。

十、 为社区做贡献

对亚里士多德来说，友谊不仅是私人的，而且是公共的，因为它是一个有凝聚力的社会的基石。公民之间的友谊有益于城邦，因为它把公民们聚在了一起，加强了彼此之间的联系。

在古代的雅典，参与政治生活被认为是一种义务，每个家庭的负责人都要在政府部门服务一段时间。所有合格的公民都被要求讨论有关城邦的议题，以确保有关集体利益的决断是正确的。

根据亚里士多德的观点，政治（研究政府的组织形式，以促进共同利益为目的的科学）与伦理（研究人类的行为，以引导人类向善为目的的科学）密切相关，因为两者都是实践学科，有着共同的目的。任何想要知道如何正确行事的人都要了解政治。

基于他的思想，政治在两门科学中更重要一些，因为只有生活在一个受法律约束的团体中，由一个能够保证公民和平共处的政府来管理，个人才能发挥潜力并获得幸福。亚里士多德说："我们可以满足一个人的利益，但是满足全社会的利益更美好、更神圣。"

所以，为了幸福，公民不仅要与家人和睦相处，还要在更广泛的社会政治环境中与他人和睦相处。亚里士多德认为，理想的共同体是由具有同等权利和义务的公民组成的，他们按照正义的原则做事，遵守法律，为了公共利益进行政治活动。

亚里士多德不仅把建立社会共存规则的任务（通过平衡规范关系和惩罚不公正行为）归于法律，而且引导人们成为模范公民。因为法律给了社会共同利益优先权，即使这需要人们放弃个人利益。亚里士多德说过："至善的行为是建立在良好的法律基础上的。"

今天，对政治（以及一般政客）的负面观点在全球很盛行。但是，亲爱的索菲亚，我希望你对这样的观点保持警惕，因为现实远比它看起来的样子复杂得多。你必须予以区分，以避免做出浮于表面的判断，甚至是不公正的评价。

不幸的是，现实世界中政客不正当使用权力的例子有很多。但这不应该成为忽视政治事件的借口，

也不能让我们对政治产生偏见。在历史进程中，公民社会之所以取得了很大的进展，是因为一些政治家为了让社会更美好，为了让每个人过上更幸福的生活，进行了千千万万次的斗争。

毫无疑问的是，美国的开国元勋们在《独立宣言》（1776年7月4日通过）中指出，政府对公民的主要责任之一就是让他们追求幸福："我们认为这些真理是不言而喻的：人人生而平等，造物主赋予他们不可剥夺的权利，包括生命、自由和追求幸福的权利。政府的建立是为了保护这些权利不受侵犯，公民应当从被授权的政府那里获得正当的权利。倘若任何政府对此进行破坏，公民有权更改或废除政府组织形式，以建立最有可能让他们安全和幸福的政府组织形式。"

亲爱的索菲亚，要知道我们是社会的一个成员，我们不但要过好自己的生活，还要重视影响整个社会的议题。如果你决定无视政治，你可能会后悔：这种态度使别人可以自由地做出影响整个社会的决断，而这样做只会有利于他们，不会有利于社会的共同利益。

德国社会学家马克斯·韦伯认为，一个优秀的政治家具备三项基本素质：激情、责任感和远见。有了这三项素质，参与政治就成为一件崇高的事情。我们可以为建立理想共同体尽一份力，为我们所生活的社会做一些贡献。

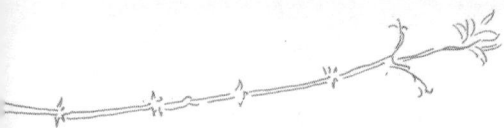

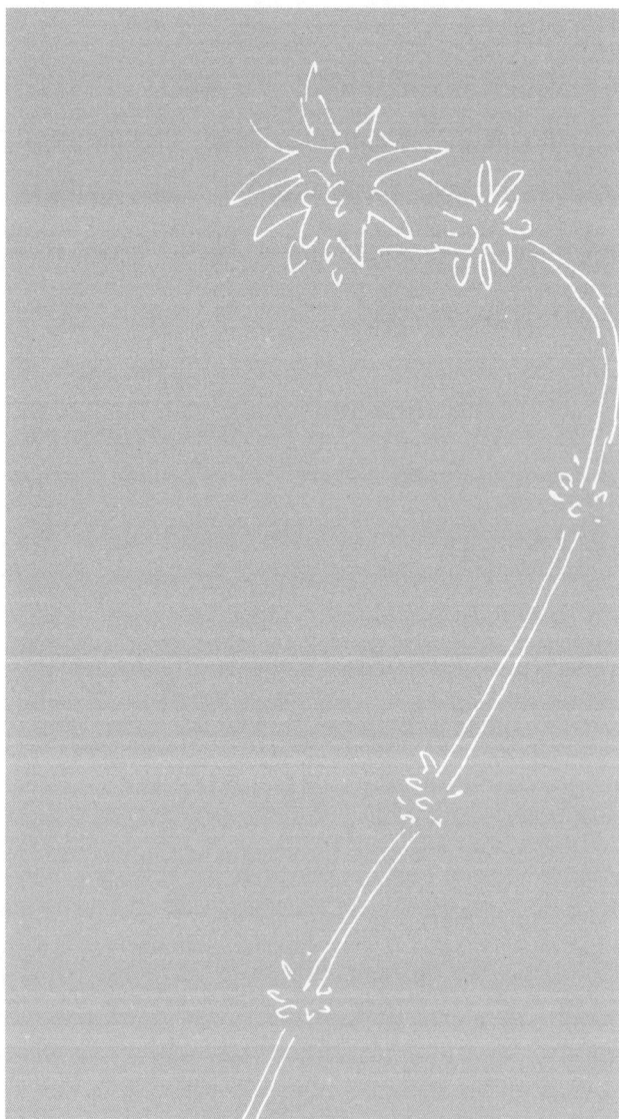

尾声

亲爱的索菲亚，在苏格拉底、柏拉图和亚里士多德的启发下，我认为要幸福，就必须充分认识自己，知道如何做出合适的选择，以发挥我们的潜能，让我们的生活朝正确的方向发展，就像规划一条去往特定目的地的最佳路线一样，这是至关重要的。

但丁·阿利基耶里在《地狱》（《神曲》的第一篇）中做了精彩的描述。在这首诗中，但丁想象自己遇到了一位很有名的冒险家——古希腊英雄尤利西斯。尤利西斯讲述了他最后一次航行的经历，不断重复着他在赫拉克勒斯催促朋友们跟随他穿过直布罗陀海峡（在古代，这里被认为是世界的最西端）时的演讲：

我说："哦，兄弟们，经过千难万险，
你们终于到达了最西端，

在这个不值一提的不眠之夜

你们仍然有意识

不愿否定知识

跟随着太阳，去探索那无人的世界

你们要思考自己来自何处

你们并非生来就如禽兽

而是要追求美德和知识。"

　　对于但丁和陪伴我们思考的三位哲学家来说，如果人们依据善（美德）的原则做事，依据理性（知识）的指导研究事物的本质，那么人们就会充分实现自己的本性（种子）。

　　正如我之前提到的，人类基本上都是社会性的动物，需要与他人保持联系，而且他们的身份认同感会受到与他人建立的关系的强弱影响。

　　亲爱的索菲亚，你长大后会意识到你的人格不仅仅取决于你自己，也取决于你遇见的人和那些对你有重要意义的人。因此，为了幸福地生活，最好按照善与正义的原则做事，并且与他人和睦相处。事实上，那些一心为了成功，在别人身上耍威风，行为失当的人是很难获得幸福的。

此外，正如苏格拉底、柏拉图和亚里士多德所说，幸福并不是享受一时之乐。相反，幸福需要我们控制一时之欲，对生活做出长远规划。理智地判断我们的日常行为，智慧地思考日常决策所产生的后果，这是非常重要的。

我们必须以理性的方式生活，学会仔细反思周围的现实世界和自己的内心世界，以便做出合理的选择，与自己的人格保持一致（例如，终身追求的事业、生活的地方、相爱的人）。

通往幸福的道路没有一条是平坦的。每个人都能找到基于自己人格的道路，但重要的是要把这些置于首位：对自己的生活目标引以为豪，从事利己利人的活动。接下来就是，努力发展自己的才能。

亲爱的索菲亚，我希望这些信件能帮助你充分

了解自己，对自己拥有的才能怀有信心。不要忘记，实现幸福的生活首先取决于你自己，它需要智慧、承诺和爱。

我要好好抱抱你，祝你一切顺利！

致 谢
THANKS

非常感谢在写作、编辑、出版过程中给予我帮助的人：

Avril Accolla, Davide Altea, Antonio Bini, Lorenzo Brugnoli, Vincenza Bruno, Josephine Burnell, Luciano Canfora, Antonella Di Maio, Paolo Gentili, Tamar Hela, Simona Lodolo, Luna Malesani, Antonino Marcianò, Enzo and Sofia Memoli, Jasmine Ou Minyi, Anna Papa, Gaetano Rossini, Camilla Tao, Carmine Tedeschi, Paola Terreni, Angela Wang, Jay Zheng.

谢谢你们！

参考文献
BIBLIOGRAPHY

Aristotle, *Nicomachean Ethics*, translated by David Ross, revised with an introduction and notes by Lesley Brown. Ox-ford-New York: Oxford University Press, 2009.

Aristotle, *Nicomachean Ethics*, translated and edited by Roger Crisp, Oxford: St Anne's College, 2000.

Aristotle, *Opere*, edited by G. Giannantoni, Rome-Bari: Laterza, 1973.

Canfora L., *Un mestiere pericoloso. La vita quotidiana dei filosofi greci*, Palermo: Sellerio Editore, 2000.

Canfora L., *Il mondo di Atene*, RomeBari: Laterza, 2011.

Diogene Laerzio, *Lives of eminent philosophers*, edited and translated by R.D. Hicks, London: W. Heinemann, 1925.

Mancuso V., *La vita autentica*, Milan: Raffaello Cortina, 2009.

Montaigne M. De, *Les Essais*, edited by J. Balsamo, M. Magnien, C. Magnien-Simonin, Paris: Gallimard, 2007.

Plato, *Complete works*, edited, with introduction and notes, by John M. Cooper. Indianapolis: Hackett, 1997.

Plato, *Opere complete*, Rome-Bari: Laterza, 2003.

Plato, *The Collected Dialogues of Plato*, edited by Edith Hamilton & Huntington Cairns, translated by Lane Cooper. Princeton: Princeton University Press,1961.

Russell B., *The problems of philosophy*, Indianapolis: Hackett Pub. Co., 1990.

Russell B., *A History of Western Philosophy*, New York: Simon & Schuster, 1972.

Russell, B., *The Conquest of Happiness*, London: George Allen and Unwin, 1930.

Scalfari E., *Scuote l'anima mia Eros*, Turin: Einaudi, 2011.

Severino E., *La filosofia dai Greci al nostro tempo*, Milan: Rizzoli, 1984.

Reale G., *Storia della filosofia antica*, Milan: Vita e

pensiero, 1975.

Reale G., *Introduzione a Aristotele*, Rome-Bari: Laterza, 1977.

Reshotko N., *Socratic Virtue: Making the Best of the Neither-Good-Nor-Bad*, Cambridge: Cambridge University Press, 2006.

Smith Pangle L., *Virtue is Knowledge: The Moral Foundations of Socratic Political Philosophy*, Chicago: University of Chicago Press, 2014.

Smith Pangle L., *Aristotle and the Philosophy of Friendship*, Cambridge: Cambridge University Press, 2002.

Taylor, C.C.W., Hare, R.M. & Barnes, J., *Greek Philosophers – Socrates, Plato, and Aristotle*, New York: Oxford University Press, 1998.

West, T.G., *Plato's Apology of Socrates*, Ithaca: Cornell University Press, 1979.

Xenophon, *Memorabilia. Oeconomicus. Symposium.*

Apology, translated by E. C. Marchant, O. J. Todd. Revised by Jeffrey Henderson. Cambridge, MA: Harvard University Press, 2013.

Xenophon, *Tutti gli scritti socratici*, edited by L. De Martinis, Milan: Bompiani, 2013.

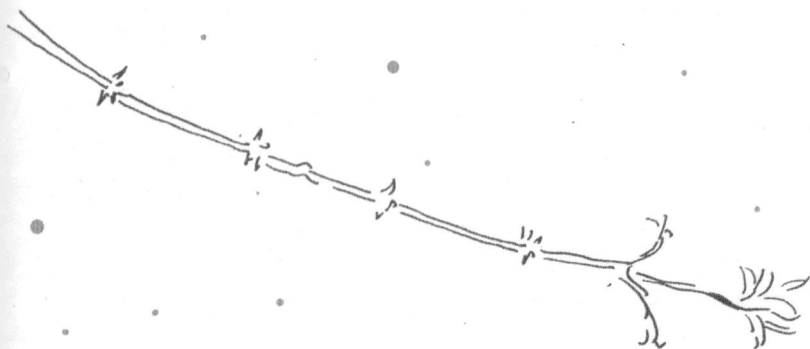